BBC

DOCTOR WHO

Borrowed Time

时间捕手

［英］娜奥米·A.阿尔德曼／著

朱 琳／译

新星出版社　NEW STAR PRESS

DOCTOR WHO: Borrowed Time by Naomi A. Alderman
Copyright © 2011 Naomi A. Alderman
First published as Doctor Who: Borrowed Time by BBC Books, an imprint of Ebury, Ebury Publishing is part of the Penguin Random House group of companies. Doctor Who is a BBC Wales production for BBC One. Executive producers, Chris Chibnall, Matt Strevens and Sam Hoyle. BBC, DOCTOR WHO and TARDIS (word marks, logos and devices) are trademarks of the British Broadcast Corporation and are used under licence.
This edition arranged with Ebury Publishing
through Big Apple Agency, Inc., Labuan, Malaysia.
Borrowed Time Chinese edition copyright:
2020 Chengdu Eight Light Minutes Culture Communication Co., Ltd.
All rights reserved.
The Cover is produced by Woodlands Books Ltd.
著作权合同登记号：01-2020-0139

图书在版编目（CIP）数据

时间捕手 /（英）娜奥米·A. 阿尔德曼著；朱琳译 . —北京：新星出版社，2020.12
ISBN 978-7-5133-4242-1

Ⅰ. ①时… Ⅱ. ①娜… ②朱… Ⅲ. ①幻想小说－英国－现代 Ⅳ. ① I561.45
中国版本图书馆CIP数据核字(2020)第225816号

时间捕手
[英] 娜奥米·A. 阿尔德曼 著；朱琳 译

责任编辑：杨 猛
特约编辑：姚 雪　康丽津
责任印制：李珊珊
装帧设计：付 莉　张广学

出版发行：新星出版社
出 版 人：马汝军
社　　址：北京市西城区车公庄大街丙 3 号楼 100044
网　　址：www.newstarpress.com
电　　话：010-88310888
传　　真：010-65270449
法律顾问：北京市岳成律师事务所

读者服务：010-88310811　service@newstarpress.com
邮购地址：北京市西城区车公庄大街丙 3 号楼 100044

印　　刷：北京华联印刷有限公司
开　　本：910mm×1230mm　1/32
印　　张：8.125
字　　数：137千字
版　　次：2021年1月第一版　2021年1月第一次印刷
书　　号：ISBN 978-7-5133-4242-1
定　　价：42.00元

版权专用，侵权必究；如有质量问题，请与印刷厂联系更换。

献给我的兄弟艾略特·阿尔德曼，
《神秘博士》一直是我们的精神家园；
同时献给我的表兄弟塞缪尔·韦斯特，
他提出我应该写点儿什么供他阅读，
这本书便由此诞生。

复利是宇宙中最强大的力量。

——阿尔伯特·爱因斯坦（有待证实）

只有在数学运算中我们才能发现真相。

——伯路萨主教

序　幕

　　显示屏上漆黑一片。一串数字偶尔滚过，速度快得无法被人类的肉眼捕捉。从某种意义上来说，屏幕一直都是黑的。不过，"一直"是一个相对的概念，在极短的时间内可以发生很多事情，只是变化过于快速而无法用人类的标准来衡量。有时候，数字会突然变得异常活跃，但屏幕通常都是黑的。

　　显示屏安装在一个高大房间的墙壁上，正对着中庭。中庭空无一物，或者说，通常如此。有时，在极其短暂的时间内，中庭会变得十分拥挤。要不是使用了非常先进的跨维度物理技术，这里可能已经挤得满满当当了。

　　如果在空旷的中庭站上一个小时，总的来说没什么问题，你甚至会感到无聊。你可以站在这儿盯着漆黑的显示屏，让眼睛逐渐适应昏暗的环境；也可以抬头仰望仍然散发着微光的巨型玻璃穹顶，顺便再看看高大的、镶着上千块玻璃的拱形窗户，以及弧形的大理石墙面和高高的拱形圆顶——你只会被这栋建筑的宏伟壮观所震撼；你还可以努力往窗外看看，不过这些窗户对普通人来说太高了——除了星星和月亮之外，什么也看不到。也许，你已经带着或是欣赏或是担忧之情，盯着那三轮血红色的月亮看了好一会儿了。

但在这一小时之中，你会有那么一瞬间——姑且称之为百分之一秒——感觉自己的所有感官同时受到了冲击：突然，眼前的光线变得异常明亮多彩，中庭挤满了冒着热气、臭烘烘的生物，耳边充斥着由上千种你听不懂的语言组成的怒吼。显示屏亮了起来，上面不断闪烁着数字和字母，屏幕上还出现了一个穿着粗花呢外套、手脚被缚的男人。由于这景象过于可怕，你吓得尖叫起来。

然后，你发现自己站在一间空旷幽暗的大厅里。你猛地转身，确信自己遇上了什么可怕的事情，同时心跳加速，瞳孔放大，寒毛直竖。可是，安静的大厅空空如也，只有一丝昏暗的光线从上方的穹顶照下来，血红色的月亮仍高悬于窗外。你无法看见和摸到任何东西，也无法理解刚刚究竟发生了什么。

当然，如果能放慢时间，你就会看见截然不同的景象。

1

在一个可能是安德鲁·布朗职业生涯中最糟糕的早晨,辛明顿先生和布伦金索普先生闯进了他的生活。

直到那一刻,安德鲁的职业生涯还算不上特别出色。他并没有什么宏图大志,更倾向于按部就班;他并不是什么大人物,更像是无名小卒。他从一所不错的大学毕业,获得了一个不错的学位,之后就不知道该做些什么了。来自就业服务中心的男人把一块消化饼干泡进茶杯,然后从身边的一摞宣传单里随机抽了一张出来。

"莱克星顿国际银行将在下周举办一场招聘会。"就业顾问说道,他还没来得及咬上一口,泡软的饼干就直接掉在了地上,"真可恶!"他试着把地面清理干净。

"可是我……"安德鲁说。

就业顾问想用几张宣传单把饼干渣铲起来,然后才意识到这些纸很重要,于是又努力将饼干渣从纸上刮下来。当安德鲁以为自己快要被遗忘的时候,就业顾问说:"试一试莱克星顿,这可是一家蓝筹公司[1],是个工作的好地方。你值得一试。"

安德鲁时常会想,如果当初那是一块布尔本饼干[2],他的人生是否会迥然不同——因为布尔本饼干在茶里溶得慢点儿。

事实是,安德鲁的测试成绩很不错。面对一个问题,他会努力解决它;面对一场测试,他会努力拿到高分;面对一架梯子,他会努力往上爬——既不在意梯子靠在何处,也不在乎自己是否真的想要爬到顶端。在参加莱克星顿国际银行的能力测试时,他努力解决了每一个问题;在公司的息工日[3]上,他开动脑筋将"轮胎"改造成"筏子",挽救了一家虚构的濒临倒闭的公司。他与大多数人都相处得很好,也是一位优秀的合作伙伴——莱克星顿在聘任函上特意指出了这一点。

如今,十年过去了,安德鲁仍然在爬这架梯子,从见习生变成莱克星顿国际银行的金融分析师。他的工作主要是阅读某些公司的资料,把与之相关的数据填进电子表格,再随机猜测这些公司在接下来的六个月里是赚还是赔。他每天坐在电脑前长达十二个小时,想给高管留下好印象,从而顺着这架想象中的梯子再升一级,获得自己认为值得的薪水。不过,莱克星顿国际银行的梯子非常长,爬起来也非常累,所以安德鲁并没有太多时间去思考

---

1. 经营业绩较好、财务稳健的知名公司,通常在行业中占有支配地位。
2. 一种硬质夹心饼干,由两片长方形的黑巧克力味饼干和巧克力奶油夹心组成。
3. 在办公室以外的地点举行的公司活动,如团队建设活动、培训或内部会议等。

他是否真的想要爬到顶端。可话说回来，既然有那么多人在爬，顶端的风景肯定值得一看。

于是，他继续努力工作，全身心地投入其中。现在，有一个比他现有职位高半级的位置空出来了——如果得到提拔，他就能拥有每周两小时的助理时间，还可以参与更重要的会议，有机会给那些职位更高的人留下好印象。如此一来，他可能会再次获得晋升，然后……最终掌管整个银行。有梦想很重要，否则你只会关注自己眼下的实际位置。

今天的会议格外重要，因为凡妮莎·拉英-兰道尔将会出席。这位伦敦分行的新总裁可是出了名的难以取悦，只要能给她留下好印象，安德鲁的事业就会飞黄腾达。然而，萨梅拉·詹金斯挡住了他的晋升之路。她总是做足充分的准备，被安德鲁视为唯一强有力的竞争对手。过去一整年，她都对他穷追不舍，要么多准备一份材料，要么为某个项目多工作一个小时。但安德鲁知道，这次他一定能赢，没人会比自己准备得更充分。晋升非他莫属——他就要尝到成功的滋味了。

重要会议就在今天。早晨醒来的时候，安德鲁感觉自己休息充足，心平气和。他听到窗外有鸟儿在歌唱，郊区的街道一片静谧，以及……等一下！休息充足？心平气和？一阵恐惧突然攫住了他。

他坐起身来，努力承受住这种恐慌，强迫自己看向闹钟定在早上5点的手机。屏幕是黑的，没有反应。难道是手机坏了？他又检查了一遍，感觉脑子里一片空白。他昨晚忘记给手机充电了，电池电量早已耗光。他感觉到心脏怦怦直跳，呼吸困难，立刻从床上一跃而起，冲出去看客厅里的时钟：早上6点45分。安德鲁·布朗不断大声咒骂起来。

不过没关系，一切都还好。他原本打算在5点45分早早地来到办公室，把演示文稿再过一遍，确认复印件全都整理有序。如果现在出发，在去车站的路上吃完吐司，那他到达办公室时离8点30分的会议还有半小时。没事。

他冲回卧室，脚趾狠狠地撞到了床头柜，不过不要紧，来不及理会脚上的剧痛了。天哪，脚趾在流血？需要贴张创可贴吗？没时间了！他套上袜子，穿上短裤，快速刮了刮胡子——但也不能太快，他可不想划破脸。好了，剃须完毕，再穿上昨晚特意准备好的整套西装，然后……那是什么玩意儿？

西装就搭在床头柜旁边的一把椅子上，他定睛一看，裤子上有一片水渍。他花了整整三十八秒才反应过来，在撞上床头柜的同时，他打翻了杯子，水刚好洒在了裤子上。

能换套西装吗？可这是他最好的一套了，姐姐萨拉说，这身衣服让他看起来又时髦又专业。那就熨一下吧，可熨斗放哪儿了？他翻遍四个壁橱终于找到熨斗，打开开关，试温度的时候又烫伤了手。刚把裤子上的水渍熨好,手机就响了起来。难道是会议提前开始了,还是他们来电问他在哪儿?他一边接听,一边试着单手单脚套上裤子。

"安德鲁,我是萨拉。虽然现在还早,但我知道你已经醒了。"

"嗨,老姐,我在……"他叼着半片吐司,穿好了一只裤腿,把手机夹在耳朵和肩膀之间。

"是的,我知道,安德鲁,我知道你很忙,我知道你快要迟到了……"

他正准备把另一只脚伸进裤子,却失去平衡撞翻了熨衣板。熨斗砸在地毯上,手机也掉到地上。他赶紧把裤子穿好,捡起熨斗时手上又被烫了一小块。等他系好皮带,把手机拿起来放回耳边,刚好听到姐姐说:"你有什么话要对我说吗,安德鲁?"

"我,嗯……"

"我等着呢。"

"我真的来不及了,我真的要……对不起,我得挂电话了。"

"那你不想祝我生日快乐吗?"

"我……"安德鲁盯着地毯上被熨斗烧焦的地方,叹了一口气。他本应该记得她的生日,给她送上鲜花和贺卡,再买一份礼物。

"对不起,老姐,实在抱歉。生日快乐。我会补偿你的,好吗?"

"行行行,没问题。我会告诉你的外甥和外甥女,你肯定会在他们满四十岁之前看望他们的,对吗?"

他看了看表,已经7点03分了,7点11分会有一趟列车,如果赶上,他就可以在会议开始前二十分钟到达办公室。步行到车站需要十分钟,于是他跑了起来,五分钟后便看到了车站。站台上有一辆提前抵达的列车!他加速奔跑,但刚一冲出检票口,列车就发车了。他看了一眼标牌,那不是7点11分那趟,而是6点48分那趟,列车整整延误了二十分钟。

他用车站内的付费电话打给办公室,想让情况有所缓解。由于没人接听,他只好留言。他们不会为他推迟会议。当他终于搭上一辆异常拥挤的列车时,心脏狂跳不止。他紧紧抓住扶手,仿佛能够通过意念控制列车开快点儿似的。

他一出车站就朝银行一路狂奔,那身最好的、熨烫妥帖的西装浸满了汗水。他意识到,身上的衬衫在上次清洗后没有完全晾干,因为汗湿的衬衫闻起来有一股霉味儿。他继续飞奔,一眼看到电梯里挤满了人,干脆跑上了七楼。终于,安德鲁来到了会议室,汗流浃背,气喘吁吁,臭烘烘的,裤裆上还有一片污迹,看上去十分让人怀疑那里是怎么弄湿的。

他正好看到萨梅拉·詹金斯——完美优雅的萨梅拉——刚刚结束报告,听到来自他的上司、上司的上司,以及凡妮莎·拉英-兰道尔的掌声。安德鲁唯一能做的,就是不让自己哭出来。

虽然他们告诉安德鲁会议已经结束,没有多余时间了,但他经过努力争取，最终说服他们给自己五分钟的展示时间。

可是，他没有充足的时间用会议室的电脑调试演示文稿，幻灯片放映也有点问题，原本应该展示财政增长图表的地方，只是备注着"财政增长图表放这儿"。他本想用一段激昂的音乐来收尾，电脑却打开错误的音频文件，播放了一个冗长响亮、缓慢低沉的音调，听起来像放屁声。他感觉眼泪都快要流出来了，又想到要是当着在场所有高管的面——更别说幸灾乐祸的萨梅拉——流露情感就太糟糕了，于是他用紧张的嗓音感谢他们抽出时间，然后走回了自己的办公室。

他坐在办公桌旁，茫然地盯着一堆文件，眼前只浮现出围坐在会议桌边那些人满是同情的脸。

然后，他完全不记得一切是如何发生的，辛明顿先生和布伦金索普先生就已经在他的办公室里了。

他俩都是中年白人，胡子刮得干干净净，衣装整齐，穿着相同的黑色羊毛西装和带有淡蓝色细条纹的白衬衫。其中一人系着深绿色领带，另一人则系着深蓝色领带。他俩看上去毫无恶意，平平无奇，普通到一离开房间你就会忘记他们的长相。安德鲁没有听到敲门声，也没有邀请他俩入内，但这两人一出现他就忘记怎么回事了。他俩看起来不像是那种需要邀请的人，差不多能融入任何环境。

"早上好。"略微矮瘦、系着深绿色领带的男人说,"我是辛明顿先生。这位是我的同事。"

"早上好,安德鲁·布朗先生。"个子稍高、略微壮实、系着深蓝色领带的男人说,"我是布伦金索普先生。"

"早……呃,早上好。"安德鲁·布朗说。

"是这样的,我们听说您经历了一个糟糕的早晨,布朗先生。"辛明顿先生说。

"是的,没错。"布伦金索普先生说,"我们很抱歉再次提起这件事,真的抱歉。但您也知道,布朗先生,有时候我们都会经历一个糟糕的早晨。"

"我自己也不敢说过得有多好,布伦金索普先生。"辛明顿先生接着说,"糟糕的早晨非常常见,这就是为什么我们提供的这项服务弥足珍贵。"

"服务?"安德鲁不禁问。

"我们很高兴您问了,布朗先生,非常高兴。"辛明顿先生说,"对不对,布伦金索普先生?"

"对啊,辛明顿先生。您看,布朗先生,我们是财团的代表,没错,一个由志同道合的商业人士组成的财团,他们可以说是掌握了时间的人,拥有太多时间以至于不知道该怎么用了。是吧,辛明顿先生?"

"是的,布伦金索普先生,当然是这样。我们的同僚——也就是由极具影响力的商业人士组成的财团——今天能为您提供一项您做梦都没想到的服务。没错,毫不夸张,您在梦里都想不到的服务,即使在梦里刚吃完仅由布里干酪、卡芒贝尔奶酪和味道浓烈的威斯康星彻达奶酪组成的晚餐。"

说完,两人齐声笑了起来,动作完美一致。

辛明顿先生接着说:"如果能随时拥有额外的一个小时,您会有什么感觉?没错,您可以用多出来的时间打打高尔夫、润色一下工作报告、与您的女朋友或男朋友——我们可不想显得有偏见,对吧,布伦金索普先生——共度时光,或者仅仅睡个懒觉。多出一个小时呢!想想您可以拿这段时间做些什么。你能想象吗,布伦金索普先生?"

"那还用说?我当然能想象,辛明顿先生。每个商人都深有体会,有时候,早餐前一个小时抵得上午后三个小时。以今天为例,您是否会为了让早上再多出两个小时而心甘情愿放弃当天余下的时间?试想一下如果您能够像这样管理自己的时间!"布伦金索普先生用胳膊肘使劲捅了一下安德鲁的肋部,"这样您在攀爬职业阶梯的途中就畅通无阻了,对不对,布朗先生?"

安德鲁朝两人眨了眨眼。他俩的外表有些奇怪,不是身上的衣服——那只是普通保守的商务西装——而是他们本身,两人的身体边缘显得模糊不清。当他想把目光集中在他俩脸上时,两人的面孔也变模糊了。这着实令人不安。

"听着,"安德鲁说,"我还有很多工作要做,这一天已经够糟了。你们想卖给我什么东西?一本关于时间管理的书,对吗?"

辛明顿先生和布伦金索普先生相视一笑,然后转向安德鲁。

"比那更好。"

"好得多。"

"布朗先生,我们可以贷给您时间。"

"是的,布朗先生。我们可以根据您的需要把时间借给您。想怎么用、想要多少时间都可以。"

"我们可以借给您充足的时间,来为今早的会议做好一切准备工作,也可以让您与朋友和家人共度时光,还可以让您领先于……她叫什么来着,布伦金索普先生?"

"她叫萨梅拉·詹金斯,辛明顿先生。不像我们的朋友布朗先生,她可是一位讨厌的、目中无人的新丁。"

"要我说,即将发生在她身上的事情就是自作自受,布朗先生会要她好看!他只需要一点帮助。当然,布朗先生,借给您的时间也必须偿还。"

"按照我们认为您会同意的利息偿还,"布伦金索普先生喃喃道,对安德鲁来说快得有点儿跟不上,"利息非常合理。"

"想象一下这项服务对您的职业将有何等帮助。布朗先生,您只需轻轻按下按钮,就可以得到您想要的全部时间。"

两人停下话来看着安德鲁，好像在激他骂他俩是骗子。突然，安德鲁·布朗感到非常生气。在他生命中最糟糕的一天，他还被这两个小丑耍得团团转。

　　"贷给我……你们到底在说什么？喂，你们是怎么进来的？你们是谁？最好给我看看你们的身份证明，否则我就叫保安了！"

　　"他不相信我们，辛明顿先生。"

　　"他们通常都这样，布伦金索普先生。"

　　"我认为有必要给他演示一下，辛明顿先生。"

　　"当然，布伦金索普先生。"

　　辛明顿先生从口袋里掏出设备进行了演示，接着，对安德鲁·布朗来说，一切果然变得明朗起来。

2

在艾米看来，这场日落似乎已经持续了大约五百年。她盯着这轮夕阳又看了一会儿。罗瑞的胳膊揽着她的肩膀，两人在野餐毯上依偎在一起。此刻，他们正坐在覆盖着白金色沙砾的海边，小小的蓝绿色珠光蟹在水边爬行。自艾米的时代以来，污染肯定已经得到了治理，因为在51世纪的地球上看不到任何垃圾。远处的大海里，一只海豚偶尔从水中跃起，为拥有生命而欢欣雀跃。夕阳混合了赭黄色和琥珀色，一道灿烂的暖光遍布天际，倒映在海面波光粼粼。这个地方甚至连气味都很美妙，弥漫着椰子和热带花卉的香气。据艾米所知，这里确实是全宇宙最浪漫的地方，但她已经感到无聊了。

"这场日落持续多久了？"

罗瑞退缩了一下，"艾米，最重要的不是时长，而是——"他深吸一口气，然后慢慢吐出，"放轻松。尽情欣赏景色吧。"

艾米扭了扭肩膀，不再盯着夕阳，也不再看珠光蟹逗弄她的脚趾，而是转身盯着罗瑞。

"不过说真的，"她慢慢地说，"多——久——了？"

她的眼睛一眨不眨地盯着罗瑞。他俩从小就玩这个游戏，看谁能睁眼保持最长时间，她总是能赢。

罗瑞眨了眨眼，甚至都没尝试盯回去。

他低头看了看身旁的超级幸运浪漫相机，上面的商标印着"**留住美好一刻！**"。

"嗯，"他说，"我想已经差不多三个小时了。这场日落大约持续了三个小时吧？"

"三个小时？！"

艾米起身走到"超级幸运浪漫泡泡"边缘，那里的空气闪着微光。她踢了一脚，"超级幸运浪漫泡泡"晃动起来，连带着无限延长的日落景色也开始晃动。这个泡泡宽约二十米，最高处长约四十米。如果你还没感到非常无聊的话，这本是一个宽敞宜人的空间。

"还剩多长时间？"

罗瑞查询了一下超级幸运浪漫相机。

"上面没写。我想……这可能是个惊喜？"

艾米发出一声哀号，猛地躺倒在野餐毯上。罗瑞伸出手去安慰她。

"这本应该是一件浪漫的事……只有你和我，把短暂的时刻延长至几个小时，这样我们就可以在泡泡中尽情享受这一刻……

而且……不必过于介意那天我们……"

来自罗瑞大脑的信息终于送到他的嘴巴：他该闭嘴了。罗瑞把手悬在她的肩膀上方，担心她是不是真的准备要咬他。

她坐了起来。

"不，罗瑞，我并不介意那天的事。当我们暂停那群空中的飞鱼时，我觉得很有趣；当我们在跳伞途中使用相机时，我感到很兴奋。但是，我确实介意一场日落持续该死的三个小时，明白吗？"

"明白。"他可怜巴巴地说。

超级幸运浪漫相机又留住了完美的一分钟，屏幕上播放着小图像的广告：想让您的宝贵时间更长久吗？超级幸运浪漫相机使用时间泡专利技术，将每分钟变得像一整天那么长！相机配有一块安全可靠、永久有效的宇宙放射能电池，永远不需要充电。带上相机去海边！去水下！去纽约登高塔的顶端吧！经认证，登高塔高于海平面两千七百五十米！您的时间如此宝贵，不要让它溜走，好好体验吧！超级幸运浪漫相机发明于5044年，由地球制造，如今畅销星系各地并出口三十余颗行星。超级幸运浪漫相机——留住美好一刻……直至永远。

当博士建议艾米和罗瑞在51世纪的地球度过浪漫假期时，这听上去似乎是个好主意。博士认为，他应该给他俩多点时间去了解人类的未来，反正这才是整个——他心不在焉地摆摆手——

浪漫差事的真正目的。博士说自己要去办点事儿,到时候再回来接他们……哦!三周后怎么样?

对罗瑞来说,三周听上去远远不够。这可是在未来的地球上度假,身后也没有怪物追赶他们。显然,他们需要更多时间,不仅要学会驾驶飞行汽车,还要学着呼吸干净无害的空气,更不用说要享受没有博士、只有彼此的时光。因此,当服务台后面带着友好微笑的女孩——确实对罗瑞和艾米都非常友好,似乎这就是5087年的作风——告诉他们,有一种方法可以让他们想待多久就待多久时,罗瑞立刻买下了相机。

就外界时间来说,那已经是六天前的事了。每次使用超级幸运浪漫相机时,相机会在他们周围创造一个时间泡。销售人员解释过这个原理:泡泡内部的时间加速,泡泡外部的时间就相对变慢了。因此,跳伞大约需要花三十分钟才能落地;深海潜水可以花很长时间看鱼类以极慢的速度从身边游走;而现在,他们可以看一场非常非常缓慢的日落。

艾米踢着沙子,而罗瑞正浏览着他在游客咨询台拿到的电子版《地球风景度假指南》。这份指南收录了地球上的所有城市、山脉、湖泊,以及旧东京的奇妙平滑沙滩。嗯……他之前没注意到"沙滩危险因素"这一部分。罗瑞读了起来,八只珠光蟹从他的腿上爬过。

"艾米……"几分钟后他说,"你觉得那个标志看起来像什么？"

他顺着沙滩指向两百米开外的指示牌，艾米眯起眼睛看过去，指示牌上有一些斑点状的东西在朝着红色圆圈移动。

"如果没有这个泡泡挡着，我会更容易看见！"她又对着泡泡踢了一脚。

"你觉得，那看起来像……很多小螃蟹吗？"

"哦对！是这么回事！"

野餐毯另一端空出来的地方，三十只小小的珠光蟹正挤在一起。

罗瑞给艾米看了看指南上的这一页，上面写道：变异繁殖蟹很漂亮，但偶尔会给沙滩造成麻烦。它们是由上个世纪泛滥的基因工程遗留下来的产物，被用于清理第五次世界大战中使用过的坚不可摧的船骸。它们通常无害，以食用二氧化硅维生，这使沙滩成为它们的天然居所。不过，在封闭的空间中，它们会开始加速繁殖，其数量每五分钟翻一倍。尤其注意不要在蟹巢上架起帐篷——如果你已经这样做了，请立即拆除帐篷，否则将面临被一大群甲壳纲动物咬伤的危险。

等艾米读完，罗瑞指向蟹巢，两人一起看着那里。珠光蟹时不时地多长出一只钳子，然后变成一对钳子，接着，一块肿块从身上掉下，最后长成一只全新的珠光蟹——在最终分裂出去前，各部位用一秒钟结合起来。

"它们每五分钟翻一倍?"艾米问。

罗瑞点点头。

一只珠光蟹打开背壳,露出一对翅膀飞向空中,就像瓢虫一样。

"它们会飞?!"艾米说。

好像作为回应一样,又有六七只珠光蟹飞了起来,在时间泡内部飞来飞去、嗡嗡作响。其中一只撞到泡泡的内壁,立即一分为二。

"这个泡泡什么时候才能打开?!"艾米大喊道。

在野餐毯另一头的蟹巢中,五十只珠光蟹变成了一百只,也可能是两百只。每分钟都有更多的珠光蟹飞着撞向泡泡,然后数量翻倍,其中一只嗡嗡地冲向艾米。她挥舞胳膊赶走它,发出了痛苦的叫喊声——它在她的胳膊上划了一道长长的口子。

现在,一大群珠光蟹愤怒地飞在空中,嗡嗡地撞向时间泡的内壁。

"罗瑞!"艾米用盖过嗡嗡声的音量喊道,"这玩意儿什么时候才能打开?"

"我不知道!"罗瑞大喊,与此同时,蟹群盘旋着朝他们飞来。

罗瑞抄起沙滩遮阳伞,想要挡住它们。锋利得足以切碎硅石的钳子瞬间将伞顶撕得粉碎。

艾米翻遍她的沙滩包,终于找到了手机。

"你在做什么?!"罗瑞大喊道。

"我在给博士打电话！"艾米说。

"等等，但是……我们可以……"

蟹群再次从泡泡的内壁弹了回来，数量又翻倍了。

他正打算说，他们可以自己解决这个问题。通常，他的工作是说服艾米，不要总是因为一些小原因就打电话找博士：比如他们迷路啦，她太累了不能走下山啦，星球正被巨大的海绵动物入侵啦，轮船在一个小时之内就要爆炸啦……于是他们约定，在她打电话之前，他们必须先商量一下。不过，就眼下这种情况而言……

"这本该是我俩的假期……"罗瑞这句话还没说完，蟹群就再次向他冲来。他用沙滩毯奋力击打它们，但毯子立即被撕得粉碎。珠光蟹的数量变为原来的两倍，也可能是三倍，它们不再是一大群了，而是充满整个泡泡。除了他俩，愤怒的珠光蟹也没什么可吃的了。

"好吧！打给他！"

艾米甚至还没来得及拨号码，那个声音就出现了。泡泡里回荡着响声，颤动的边缘也晃了起来。

呼哧，呼哧，呼哧。

"你打给他了？！"罗瑞喊道。

蟹群位于响声传来的地方，它们困惑地想要向上飞以避开那里。

"也许他有个感应器,"她大声回答他,"当我感到非常恐惧的时候,感应器就会告诉他。"

伴随着最后一声轰鸣,塔迪斯现了形,成群的珠光蟹向它发起猛烈的攻击,罗瑞想知道它们占领塔迪斯需要多少毫秒。

塔迪斯的门开了。

"当然不是,"博士说,"我没法到处测量人们的情绪状态,那太麻烦了,更别提所有的电极和植入物,它们非常复杂,可能会出严重差错。这倒提醒我永远不要告诉你们心灵感应式头发接长术的事儿,在瑟普利斯·贝塔星球的文明彻底瓦解之前,这项技术在他们那里十分流行。总之,我说到哪儿了?哦对,没错,你们的三周假期过得还愉快吗?选好带回家的礼物了吗?现在准备好离开了吗?"他突然注意到,塔迪斯的外壁上爬满了珠光蟹,看起来就像被达米安·赫斯特[1]用闪闪发光的东西装饰了一番,"这些蟹群是怎么回事?你们交了新朋友吗?"

"博士,"艾米说着拥抱了他,"你怎么知道我们有危险?!"

"这些小东西带来的危险吗?"博士说,"它们只会在封闭的空间内攻击人,除此以外完全无害。"博士戳了戳其中一只珠光蟹,后者咬住他的手指开始吸血。

"哎哟!"他说着看了看头顶和四周,"啊,我们在一个封

---

1. 英国艺术家,曾创作在骷髅头骨上镶满钻石的艺术品。

闭空间。你们为什么这么做？太傻了，你们没看到警告标识吗？"

"还……没有满……三周！"罗瑞说。他的胳膊上布满了珠光蟹留下的伤口，但如果要他放弃与艾米在一起的任何宝贵假期，他绝不同意。

博士从口袋里掏出一只巨大的怀表。令人困惑的是，怀表的背面刻着"罗瑞和艾米·庞德"的字样。他看了看表盘。

"没有满三周？当然满了，罗瑞。快乐的时光是短暂的，但没错，三周马上就——"他停下来看着表盘，等待指针从一个数字跳到下一个数字，"到了！希望你们没有吃太多果冻和冰激凌，回家的路上尽量别吐了。好吧，不是回家，可能不是。接下来我们应该去哪儿？不去瑟普利斯·贝塔星球，永远不要在那里剪头发。"

"博士！"艾米喊道，想要打断他的胡言乱语，"真的还没满三周！才过了六天而已！"

这时，珠光蟹显然一致认为塔迪斯根本不能入口，于是嗡嗡地飞离了它的表面。

"行了，"博士说，"现在该打开你们的——"他戳了戳泡泡的内壁，"不管这是个什么东西，先让这些可怜的生物都出去吧。"

"打不开！"艾米用盖过嗡嗡声的音量喊道，"我们被困在时间泡里了！"

她把塑料材质的粉色超级幸运浪漫相机塞到博士手上。他快速地查看了一下。

"嗯,是的。按照地球时间来算,只过去了六天,但按照你们的主观时间来算……过了三周。"

蟹群的数量在他们头顶又翻了一倍。它们闹腾着,叫嚣着,在泡泡里尽可能向上飞,然后开始下降,锋利的钳子咔嚓作响。

博士从口袋里掏出音速起子对准相机。超级幸运浪漫相机发出一组罗瑞之前从未听过的音乐铃声,然后,时间泡一下子坍塌了。愤怒的蟹群突然改变方向飞上天空,转眼又散布到整片沙滩。艾米的脚边只剩一只无害的珠光蟹在爬行。

博士把相机扔给罗瑞,"留着它吧。这是个有用的小玩意儿。"

罗瑞笨拙地接住相机,把它放进口袋。他小声问艾米:"现在,我们可以继续度假了吗?"

"哦!"博士说,"我给你们带了件结婚礼物。我知道送得有点迟,不过,你们知道的,事情一件接着一件。当你从邪恶的头发接长术中拯救一颗行星时,时间会飞逝而过。"

"礼物?"艾米问,"送给我吗?我是说……"她瞥了罗瑞一眼,"送给我们?博士,礼物是什么?某种酷炫的设备还是一件古老的珠宝,或者……哦,我等不及了,礼物是什么?"

"远比这些东西要好。"博士得意地笑着说,"在人类历史上,它可能是有史以来最有价值的、唯一的东西。"

"什么东西?"罗瑞说,"美国那座博物馆里收藏的月球岩石吗?"

"月球岩石?呸!我在塔迪斯其中一间地下室里有一大堆呢!我原本想用石头来铺碎纹石路。不,不,比那宝贵得多……"

"塔迪斯还有……地下室?"

"是御宝[1]吗?"艾米说,"你为我们的婚礼准备了御宝?"

"比那更好。"

博士转身离开了片刻,回来时把什么东西藏在了身后。他变戏法似的把东西亮出来,"看啊!"

这是一株种在花盆里的植物——长有彩色条纹花瓣的郁金香,看起来相当漂亮,花盆也不错。不过还是令人困惑,艾米和罗瑞互相对望一眼,又一起看向博士。

"你给我们带了……一株郁金香?"罗瑞说。

"博士,你来这儿之前,是不是中途停在当地的时间加油站,然后顺手选了一株盆栽?"

博士哭丧着脸,一时看起来十分难过和苍老。

"你们不知道这是什么吗?你们难道不知道,以其巅峰时期的财富和名气,像这样一株非常稀有、非常特殊、几近独一无二的郁金香,其价值超过了……你们管那儿叫什么来着?那个花费

---

1. 英国君主在加冕礼上或者参与其他国家事务时穿戴的饰物的总称。

所有的钱来供养那些过时的、纯属装饰的傀儡的地方？"

"呃，大英博物馆？"罗瑞猜道。

"白金汉宫！没错！一株品相极好的、色彩斑斓的郁金香要比白金汉宫值钱得多！好吧，"他承认道，"也许没那么多，但很接近了！有人为此付出了两吨黄油、一千磅奶酪和十二头肥羊！还有其他东西！"

罗瑞和艾米盯着郁金香时多了一丝尊重，但并没有理解多少。

"老实说，你们对人类历史到底知道多少？"

艾米眨了眨眼睛，"我没参加历史 GCSE 考试[1]，我考的是西班牙语。"

"行了！"博士说着转身走进塔迪斯，"跟我来！"

他们疑惑地跟着他走进塔迪斯主控室。罗瑞带上了艾米的沙滩包，预感到他们不会再回来了。

"泡泡！"博士大声喊道，"全都与泡泡有关！"

"就像……"罗瑞试探地说，"我永远在吹……[2]"

"不，罗瑞，就像金融泡沫一样。你们人类如此着迷于造钱、存钱、借钱和花钱，因为金钱是为贪婪而生的最好的工具。老实说，你们真的毫无理智，总是相信自己可以不劳而获，仿佛拥有

---

1. 全称为中等教育普通证书（General Certificate of Secondary Education），英国中学生十六岁时要参加考试以获取该证书。
2. 出自西汉姆联队歌《我永远在吹泡泡》的首句歌词。

某种神奇的力量……"

"哪种?就像魔法盒子里有一位邋遢博士那种吗?"艾米说。

"不,不像那种,完全不像。实际上,我将带你们去一个地方,在那儿你就能看到有多不像。看到这株郁金香了吗,艾米?"

艾米看着郁金香。这确实是一株郁金香,有着红黄色条纹的皱边花瓣和一根又长又绿的茎。

"看到了。"

"你知道这株郁金香为什么最终变得价值不菲吗?"

"不知道。"

"艾米,这是因为……"他把脸凑得很近,"人们以为其他人觉得它很值钱,以为自己可以卖出比买来时更高的价钱,以为郁金香市场如此之好,以至于价格将永远上涨。"

"但是……这只是一束花。"

"说到点子上了!重点是,你们人类对这些事情毫无理智。这就是为什么……"他在塔迪斯控制台上拼命敲击键盘,"对,非常好,在你们的时代就有一个这样的例子!我们——"他用夸张的手势示意,"要去见证银行破产!"

"我们要去一家银行?"罗瑞说。

"不是随便哪家银行。"博士说着推动塔迪斯控制台上的手闸,"我们将前往人类有史以来最大的银行破产现场!莱克星顿国际银行!"

博士做了一个极其夸张的动作，以至于整个人也原地转了个圈。他砰地敲下两个按钮，转动手柄，又拉出把手。控制台的中央立柱开始上下移动。他们起飞了。

"我猜假期已经结束了。"罗瑞说。

3

伦敦金融城[1]是资本主义跳动的心脏，金钱在这里出现和交易，职业生涯在这里开启和毁灭。在人行道上，目标明确的男男女女穿着整洁精致的职业套装快步前行，他们只有极为短暂的午餐时间；在办公室里，人们全天的工作被图表上变化的线条所支配；在董事会会议室里，人们讨论着世界各地的哪些公司将通过并购、转让和分配而发展壮大或就此消失——这些决定将导致某个冷清的村庄变成繁荣的生产小镇，或者某座繁忙的工业城市沦为贫困衰败的废墟。而在莱克星顿国际银行，没有谁比这里的员工走得更加目标明确，没有什么比这里的图表制作得更加细致入微，没有哪里比这里的讨论显得更加激烈重要。

在宽敞的中庭中央，矗立着寓意为"时间就是金钱"的巨型玻璃雕塑。前台的接待员身着干净整洁、整齐划一的制服。快步穿过接待区时，没有人想要两手空空，人们通常会携带一两份标

---

[1]. 伦敦的金融中心，占地大约2.6平方公里，聚集了大量银行、证券交易所、黄金市场等金融机构。

有名字的文件，以充分表明他们的身份极为重要，他们的工作极其努力。

不过，没有哪里是牢不可破的，即便是莱克星顿国际银行。

银行的地下室有一间喧闹繁忙的收发室，从收发室出来是布满灰尘的迷宫般的过道，以及几间潮湿的储藏室，即使是收发室的工作人员也很少去那里。在其中一间储藏室里，除了有一台坏掉的复印机、堆满折起来的塑料邮袋的袋子，还有1998年印错的年报复印件。

就在这间最偏远的储藏室里，一个声音传了出来：呼哧，呼哧，呼哧。然后，一个顶上有灯的蓝盒子出现了。

博士打开塔迪斯的门，跨步走了出去。

"出来吧！这里空气清新，重力正常。开个小玩笑，这里实际上布满了灰尘，而重力……是的，重力是正常的，尽管……你们穿的什么？"

"我从衣橱里找了几件。既然来到银行，就得衣着得体。你觉得怎么样？"

艾米原地转了一圈。她穿着一套商务西装：短外套、女式衬衫、短裙和一副眼镜。

"可你不戴眼镜啊。"博士说。

艾米轻轻地把眼镜推到鼻梁上，从镜框上方看着他。

"博士,眼镜只是为了吸引注意力,给人留下这样的印象:我很聪明,对数字颇有了解,明白吗?罗瑞穿得才糟糕。"

罗瑞跌跌撞撞地从塔迪斯里走出来,身上穿的虽然是一套西装,但绝对比自身的尺码大了四号。他看起来就像被妈妈套上了哥哥的衣服,希望他长到可以撑起它,而他的哥哥似乎是身材高大的食人魔。

他看着博士,翻了个白眼,"我能找到的只有这件了。"

博士努力掩饰住自己的坏笑,转身就走。"跟我来!"他说,"有地方要去,有人要见,有历史要教!现在……往哪儿走……往哪儿走呢?"

他从储藏室的门里探出头来,左看右看,大步流星地走了出去,领着艾米和罗瑞走向通往外面街道的一扇门。

"可是,"罗瑞说,"这不就是那栋楼吗?我们是不是应该回到里面,回到我们要去的那栋楼?"

"好了,好了,罗瑞。"博士说,"这里是莱克星顿国际银行!我们不能偷偷溜进去!必须在接待处通报身份!我们必须——"

"求求你,"一个声音从他们脚边传来,"求求你……"

博士停住脚步往下看,皱起了眉头。

一位老妇人蜷缩在大楼墙边,坐在暖气通风口的下面,因为那里很暖和。她身上裹着三四件脏衣服,脚上却穿着一双看上去很昂贵的红底高跟鞋。她看起来十分疲惫,似乎有好几天或好几个星期没睡过觉了。她的长头发也很脏，旁边有一个破烂的帆布包，显然她把它当枕头用了。

她扯了扯博士的外套。罗瑞摸遍口袋翻找着钱包。

"求求你，"她又开口道，"你能帮帮我吗？"

罗瑞从钱包里掏出一叠现金，弯下腰递给她。有趣的是，住在塔迪斯里和博士一起旅行，让他开始觉得钱并没有那么重要，甚至毫无意义。据说，有无限量供应的各种奇异外星货币堆在塔迪斯的一些房间里——博士甚至告诉他们，住在丛林房间里的小型粉色蜗牛状生物被他用在吉吉亚8号行星上恢复经济运转——但他们从未发现任何需要花钱的地方，他们的所见所闻都无法以任何价格购买。他曾经为了以防万一会带很多钱，但现在只是出于习惯才带着钱包，而这个女人比他更需要钱包里的东西。

"给，"他说，"拿着吧。"他把现金递给她。

她看着他们，满脸疑惑。她显然是个有点疯疯癫癫的可怜虫。

"时间就是金钱，"她喃喃道，"时间就是金钱，金钱就是时间，你可以给我其中一个，但没法给我另一个。"

艾米充满敬意地看着罗瑞。她本来会嘲笑他带了一只装满现金的钱包，但罗瑞做的是件好事。她亲了亲他脑袋的一侧，然后跪下来温柔地问："你在这里多久了？"

那个女人对艾米皱起眉头，"时间有多长？"她说，"一天有多长？一天可以变得多长？比你想的还要长！"

艾米和罗瑞面面相觑，又回头看看博士。

"我不知道你们怎么受得了，"博士说，"我不知道人类怎么能一直忍受下去，但你们确实做到了。好样的，罗瑞。来吧，我们得去银行调查一下。"

"别去！"女人喊道，"别进去！他们会偷走你的时间！他们会把它偷走，而你永远也拿不回来。"

博士转身跪了下来，"你说什么？你说时间怎么了？再说一遍，这次说慢一点。"

老妇人盯着博士，动了动嘴，又眨了眨眼，脸皱成一团。"我不记得了，"她说，"我的大脑太迟钝了。等等！"

她把帆布包拎起来放在大腿上，在里面翻找起来。包里有些可怕的东西，通过气味判断，可能是一根坏掉的香蕉和几条放了很久的鱼。最后，她拿出一张干净得惊人的白色长方形卡片。

"给你！"她说着把它塞到博士手里，然后像背诵课文一样生硬地说，"请收下我的名片，上面有我所有的联系方式，我的助理会很高兴为您预约，我们非常感谢您对莱克星顿国际银行的关注。"

在博士的头顶上方，艾米和罗瑞面面相觑。很明显她发疯了，但博士礼貌地回答道："谢谢你，呃，"他看了看名片，"谢谢你，娜迪亚·蒙高莫利——传播与营销部主管。这很重要，非常感谢，我们会再联系的！对吗？"

对，罗瑞和艾米点点头，一定会的。

当他们绕着大楼走到前门时，艾米问："博士，那是怎么回事？"

"我不知道，"博士说，"但我预感我们会找到答案。"

"我是博士，"博士在锃亮的花岗岩桌子前俯身，微笑着对接待员说，"这两位是我迷人的朋友——罗瑞和艾米。我们收到了邀请，我想你能从我们的证件上看出来，就在这儿。"他拿出通灵纸片，把它举到接待员面前，"正如你所看到的，我们拥有在这栋大楼里随意走动、打探检查的绝对权。正如我们的文书所示，这些都是我们工作的一部分。"

接待员看了看通灵纸片，露出了微笑。

"来自苏黎世的功效审计师施密特博士，"她热情地说，"我们一直期待您的到来！我马上通知拉英-兰道尔女士，她特别期待与您交谈。一会儿她会带你们参观大楼。"

"是的，"博士靠在桌边咧嘴一笑，"完全正确。"

"这位想必就是您的助理。"接待员对艾米微微一笑，不似刚才那般热情，"我会为你们准备好通行证，但是……"博士想把通灵纸片从接待员手中拿回来，但莱克星顿国际银行的员工在安全事务方面的培训极其出色，接待员紧紧抓住纸片，脸上仍挂着灿烂的笑容，"好了，让我瞧瞧，这上面写着你是什么人？"

她死死盯着罗瑞。

罗瑞穿着大号的西装,局促不安地动了动。他看上去不像那些穿着光鲜的高管——他们大步穿过大厅,寻找新的会议来一展风采——而接待员知道这一点。她盯着他,又低头看向通灵纸片。

"你看,"博士又说,"他和我们一样,完全有权进入大楼内任何他想去的地方,跟任何人说话……正如我是施密特博士。"他刻意伪装出瑞士口音,"我四来自苏黎世的审计师,我四不四已经没有瑞士口音了?"

"并不是,博士。"艾米说。

"对,我也这么认为,这根本不是个好主意,但真的……"他继续对接待员说,"正如我是那个令人难以置信的非瑞士籍施密特博士,而这位是我的助理艾米,那罗瑞想必是……"

"是的,"接待员说,脸上再次露出笑容,"我现在看到了,他是新来的收发员。"

"收发……"罗瑞慌张地说。

"对,没错,"博士说,"很好,你到楼下收发室去,罗瑞。我相信你会发现很多有用的东西:回形针、厚信封、重要的钉枪等等,你永远不知道什么东西会用得上。"

罗瑞正想提出抗议,一名热心的保安已经把他引到了标有"地下室"的门边。

"正如你所看到的,施密特博士,"凡妮莎·拉英-兰道尔说,"我们这儿管理有方。"

"叫我博士就行,大家都这么叫。"

拉英-兰道尔女士穿着一套极其昂贵的西装,看上去完美精致。她伸出一只精心护理过的手,指着大楼内部的玻璃墙面。她是一个拥有如坦克般强大的内心,同时又兼具如跑车般光鲜的外表的女人。

她在大厅与他们见的面,助理简·布莱斯在她身后一路碎步小跑。凡妮莎领着他们快速参观了大楼:交易室、人事部、管理处、秘书处和私人银行业务部。艾米觉得,尽管凡妮莎表现得彬彬有礼,但对他们的出现似乎很反感。

"你知道吗?明天下午英国财政大臣将在这里发表演讲,因为我们是行业的榜样,也是可持续增长和坚守价值观的典范。"她对博士说,"我知道纽约那边坚持要做审计,但我真的认为我们不需要。看到那座雕塑了吗?"

大楼内部呈圆柱形,上方是玻璃穹顶。他们向下俯视,中庭中央有一座巨大的玻璃雕塑,一直延伸到八楼。它看起来像是由无数根半融化的、互相缠绕的蜡烛融合而成,还有向上伸长的卷须。在它的中心,奇怪的光芒不断闪烁。雕塑仿佛拥有生命似的,看上去十分诡异。

"看到了，雕塑不错。艺术和金钱，"博士说，"金钱和艺术。从美第奇[1]时期开始，二者就密不可分。他们是意大利文艺复兴时期的银行世家，委托制作了很多艺术品，因为他们认为这是拯救自己灵魂免下地狱的唯一方法。他们认为收取复利是一种可怕的罪过，只有用赚来的钱购买大量的宗教艺术品，上帝才会原谅他们。皮耶罗·德·美第奇不幸死于乌尔哈伯伦瘟疫，但我并不认为那是上帝所为，更像是曼陀罗[2]制造的时间流带来的副作用。总之，不用再往下说了，我真不该提起那件事。我想表达的其实是：雕塑不错。"

"它不仅仅是一座雕塑，"凡妮莎说，"更是一项宗旨。你看，不同的线条代表生活的不同部分，而在莱克星顿伦敦分行，我们相信每个部分都应该得到同等的重视。作为平衡工作与生活倡议的一部分，我们……"她滔滔不绝地讲了下去。

艾米倚在栏杆边环顾四周，上下打量着十层楼。透过所有的玻璃墙面，她可以看到忙碌的银行员工像蜜蜂一样工作着，每个人都待在自己的小办公室里。事实上，这个地方更像是蜂巢，每只小工蜂都分配了任务，而凡妮莎·拉英－兰道尔既不是坦克，也不是跑车，她是那只蜂后。整个地方运转得如此高效，让人很

---

1. 15世纪至18世纪中期在欧洲拥有强大势力的名门望族，因发展金融业务而发达，在意大利文艺复兴中发挥过非常关键的作用。
2. 第四任博士遭遇的外星生物，出自老版《神秘博士》剧集第十四季第一集《曼陀罗假面》。

难相信博士的话：银行负债累累，几天之后就会破产。"你知道吗？我们上个季度得了奖，因为我们承诺为员工留出家庭活动和休闲娱乐的时间……"凡妮莎仍在极力向博士宣传。

也许她是对的。每间办公室的员工看起来都十分平静，除了……嗯……就在她的正对面，穿过中庭的另一边，有一个谢顶的中年男人。他待在装有玻璃墙面的办公室里，看起来有些忧虑。他从电脑前起身，双手捂着脸，一个女人从隔壁办公室跑了进去。他冲她大喊大叫——艾米听不清他在说什么——然后那个女人快速退了出去。他转身面向中庭，艾米看到了他的脸。那是个中年人，相貌不错，但一脸的愤怒和恐惧。艾米觉得，他看起来很绝望。那个男人低头看了看手腕，所看到的东西让他再也无法高兴起来。他摆弄着手腕上的那个东西。

突然，他瘫倒在地板上，没有发出一点声音，至少声音没有穿过中庭传过来。不需要任何人告诉艾米，她也知道他已经死了。

4

当他们尽可能快地绕过中庭跑到对面,找到那间办公室时,那个男人的助理已经用一件外套遮住了他的脸。她站在尸体旁边,一脸震惊。

"博士,"艾米小声说,"我看到了什么东西。我不知道发生了什么,但好像……他按了一下手腕上的什么东西,可能是手表,然后就死了。"

"过劳死。"凡妮莎·拉英-兰道尔笃定地说,"我很遗憾,施密特博士,不管我们如何鼓励员工好好休息,有时候他们就是不听。对不对,简?"

突然听见自己的名字,助理简·布莱斯吓了一跳,但很快就恢复镇静,脱口而出道:"对,没错。"她查阅了一下智能手机,"去年有百分之二十三的员工拒绝休完假期,而这位……"她点击几个按钮,"布莱恩·埃德尔曼先生已经连续十八个月没有休假了。这完全与我们的建议背道而驰,施密特博士,我们曾给他发过好几封邮件。"她注意到他们都盯着自己,"对不起,我的记录里是这么写的。"

博士神情严肃地低头看向那具尸体。

"也许,那几封邮件都跑进垃圾箱了。垃圾邮件过滤器会拦截恶意邮件,我知道曾经出现过令人不快的事件:有人劫持了所有人的电子邮件,通过勒索赎金来大发横财。嗯,你是说他刚才在看手表吗?"

博士跪了下来,轻轻揭开外套检查那个男人。他的两只手腕上都没有手表。

"好吧,我以为我看到了——"

"你当时在大楼的另一边,庞德女士。"凡妮莎说,"我敢肯定那只是出于紧张而作出的某种手势。"

"没——错——"博士说,"出于紧张,是的。我想知道,一个处在他这个位置、时间都不够用的人,怎么连一块手表都不戴?好吧!伦敦分行的总裁凡妮莎·拉英-兰道尔女士,鉴于这一事件,我的助理和我要多待一段时间,以进行更彻底的调查,你觉得如何?"

"哦,但是,"简继续查阅智能手机,"我们只安排了半天时间,而且……"她看到凡妮莎对自己怒目而视,于是改口道,"当然可以,我们可以安排,抱歉。"

凡妮莎伸出一只鼓励的手搭上博士的后背,带他离开了可怜的布莱恩·埃德尔曼的尸体。

"这是一起令人非常震惊的事件,以前从未发生过这样的事,施密特博士。也许,你想出去吃个午餐缓解一下心情吗?找个舒适的地方……对了,常春藤餐厅[1]总会为我留位。"

博士转过身,猛地躲开凡妮莎的手。

"午餐?胆小鬼才吃午餐!我一直想说这句话来着。其实我很喜欢午餐,但我们不需要吃午餐,对吗,庞德?"

"我们——"

"没错!胆小鬼才吃午餐,而我们是行动派!所以,我觉得艾米可以同一些与布莱恩·埃德尔曼相同职级的经理谈一谈。我相信简可以安排,对吗,简?不用费心回答这个问题,你当然能做好。我认为至关重要的是,艾米你要找出那些中层经理承受着怎样的压力……"他凑在艾米耳边低语,以免被别人听到,"去查查他们戴着什么样的手表。"他又直起身子大声说,"凡妮莎·拉英－兰道尔,在此期间我会跟着你,因为我觉得你可能在做一些非常有趣的事情,虽不能说是……危险邪恶的事情。"

凡妮莎·拉英－兰道尔眨了眨眼睛,"我要和PZP集团的客户开会,如果你指的是这件事,我认为这很难称得上危险。"

"我指的完全不是这件事。"博士挽着凡妮莎的胳膊离开了,留下艾米和简在一起,"不过,我还是要跟着你去开会,不能耽

---

1. 1917年在伦敦开业,深受英国名流欢迎的一家餐厅。

误时间，对吧？"

收发室里，罗瑞也开始面对都市生活的严酷现实，主要是要做的事情太多而时间太少，太多的人在大吼大叫而他是被吼的那一个。

"快点，罗瑞。"有人喊道，"赶紧的！中午前把那些包裹全都寄到罗马，否则你就被解雇了！"

"行动起来，罗瑞！"另一个人喊道，"在接下来的一个小时内，你要把一千份报告放到大楼的每一张办公桌上，其他人都没空！"

"到这儿来，罗瑞！"又有一个愤怒的声音喊道，"你要知道，这些托板是不会自己卸货的！"

罗瑞叹了口气。他和另外十个人待在一间大地下室里，大家在贴标签、打包、填表以及和送货司机聊天。他本以为现在应该到了电子化时代，但这里仍有许多非电子化的包裹要被领取或寄送到世界各地。他并没有那种和博士旅行时所熟悉的兴奋感，不过，说实话，这一切比之前安全多了。要是他能把积压的工作干完……

"赶紧的，罗瑞。英国财政大臣明天会发表演讲，如果我们不把这些椅子搬到一楼去，大家要坐什么呢？"

不过，奇怪的是，他注意到很多包裹只来自一两间办公室。

这个叫"安德鲁·布朗"的人寄了不少，还有一个名字也不断出现：萨梅拉·詹金斯。

在罗瑞旁边工作、不停吹着口哨的矮胖男人名叫迪安，看起来相当友好。他吹口哨的方式让罗瑞觉得，就算跟他一起工作多年也根本不会生气。

"你注意到了吗？"罗瑞开口道，"有多少包裹来自安德鲁·布朗和……"

"萨梅拉·詹金斯？"迪安说，"喂，约翰，罗瑞想知道为什么布朗和詹金斯的工作量是其他人的十倍？"

约翰——那个肩膀很宽的矮个儿主管——笑了，"不只你一个人这么问，孩子。"

约翰和迪安交换了一下眼色。罗瑞等着他们继续说下去，但两人却都没再说话。

他知道自己发现了什么，也许他，罗瑞，可以阻止这家银行破产！虽然并不如艾米在杀人瓢虫的威胁下拯救了整颗星球（她自己说的），或者博士在周二只用一根橡皮筋和一罐菠萝圈挽救了整个宇宙的历史（他不经意聊起此事，还说他们不会记得，因为他们当时卷入了整个水果沙拉爆炸事件中），但是，他肯定发现了什么。

所以，他开始偷听周围的谈话，希望能有所收获。约翰和迪安在聊银行的小道消息：原来，凡妮莎·拉英-兰道尔请了一位美发师，让后者每天在办公室里帮她吹出发型，上午下午各一次。她野心勃勃，冷酷无情，六个月前空降此地，有传言说她是从中国香港分行指派而来。从那以后，伦敦分行的工作量稳步增加；安德鲁·布朗和萨梅拉·詹金斯是公认的竞争对手，两人在争夺同一职位。有一段时间，萨梅拉已经稳操胜券，但最近——谁也不知道为什么——安德鲁却领先了；还有人声称自己很确定某位资深高管曾同时出两趟差——一次去东京，另一次去纽约。他并不是去完一个地方再去下一个地方，而是上午在东京开会，当天下午就在纽约了。他一定一直待在飞机上！

或者，罗瑞想，他认识一个人可以前一分钟还在东京，下一分钟就在纽约。一种猜想逐渐在罗瑞的脑中形成，他不知道是怎么回事，只知道"奇怪的事情正在发生"——一旦接触"奇怪的事情"的时间够长，你就渐渐拥有了察觉它的能力。

"有人知道安德鲁·布朗和萨梅拉·詹金斯怎么了吗？"罗瑞说。

约翰和迪安又交换了一个意味深长的眼神。

"如果你想知道怎么了，"约翰说，"也许你需要去F号储藏室看看。等一下。"约翰工位旁的电话响了，他低头看了一眼，"真没想到，安德鲁·布朗大人打电话来了。"他拿起听筒。

"F号储藏室里有什么？"罗瑞问。这听起来像是一件既有趣又可怕的事情，说不定还会引出一场冒险，让艾米对他刮目相看。

迪安用胳膊肘捅了捅站在他旁边的瘦子鲍勃，"我们的罗瑞想知道关于F号储藏室的事。"

鲍勃的脸上绽开了笑容，"刚好，"他说，"我有一些箱子要送去F号储藏室，还需要从里面拿一些信封。"

"今天是你的幸运日，"约翰打完电话后说，"我们通常不会让初级员工进去，对吧？"

罗瑞感觉皮肤有一种激动的刺痒感。那个房间里有什么东西，他能感觉到。

"我要去。"他很快说道，"你们不必为我担心，我很靠谱的。"

"那么，"约翰说着从口袋里掏出一把标有"F号储藏室"字样的钥匙，扔给了罗瑞，"我就放心了。"

罗瑞推着装满箱子的手推车站在F号储藏室门外。这扇门和A至E号、G至J号储藏室的门相比没什么不同，只是上了锁。其他的门都没有上锁——他试着拧过一些门把手。

他拿出钥匙开了锁。当摸到门把手时，他感受到轻微的电击，但并不疼。可能只是静电，他对自己说。他打开门，发现里面很黑，似乎看不到尽头。这间储藏室比其他房间更大？难说。

他把手推车推进储藏室，伸手去够电灯开关。当他的手在摸索的时候，那种奇怪的刺痛感又出现了。房间里还有一种声音，就像是低沉的嗡嗡声。他摸到开关后松了一口气，然后轻轻一按。什么都没发生，好极了，灯坏了。

有那么一阵，他考虑过只把手推车卸在门口，也不再管鲍勃需要的信封。但如果那样做了，他们会嘲笑他的。他从口袋里掏出手机，借着屏幕微弱的亮光照了一圈房间，只能大致看清四周。他推着手推车往F号储藏室里多走了几步。门在他身后砰地关上，但他并没有碰过它。那个令人不安的声音又响了起来，像一声叹息。

罗瑞的呼吸开始变得急促起来。门什么时候关上的？他想跑出去回到收发室，那里的一切都是那么轻松愉快。他试着平静下来，深深地吸了一口气，强迫自己用手机微弱的亮光慢慢扫过房间。这是一间普通的储藏室，和他们停塔迪斯的那间一样，他对自己说，看啊，这里有文件柜，有摆满一箱箱打印纸的架子，还有……等等，那是什么？那个声音又响了起来，就像是有人在翻书。

他转过身，把暗淡的灯光对准声音传出来的地方。有什么东西动了一下，就在视线之外。他又转了一圈，已经分不清自己是从哪个方向进来的了。就在他的耳边，有什么东西在咯咯地笑——单一的、阴郁的笑声。

罗瑞尖叫起来，胡乱地向前跑去。他被手推车绊了一下，把里面的箱子都撞飞了，手机也从手中飞了出去，重重地落在地板上。他趴在地上,心脏在胸腔里怦怦直跳。房间里有东西一边移动,一边时不时发出低沉的嗡嗡声。他试着放慢呼吸,环顾四周,在黑暗中睁大眼睛以便看清楚,手机的微弱亮光就在不远处。他朝手机爬去,却感觉有什么东西拽着他的外套,想要把他往回拉。咯咯的笑声从稍远一点的地方再次传来,与此同时,手机屏幕的灯光熄灭了。

房间陷入一片漆黑。他能听到一些响动——缓慢而平稳——像是有什么丧失视觉的东西正摸索着寻找他。他向前伸出手,终于够到了手机,心中满怀感激之情。他按亮手机屏幕,朝四周扫了一大圈,什么也没发现。

罗瑞背靠墙面,慢慢挪到门口。他不想再管信封,也不想管任何东西,一心只想出去。他拧了拧门把手,门锁上了。他的心脏又开始狂跳。

他拨通艾米的号码。"艾米,"他小声说,"你得马上下来,我在F号储藏室。快来救救我!"

"可是我——"

"我被锁在里面了。"他低声说,"救救我!"

他又扫视了一遍房间,发现远处有什么东西正在移动。那不是真人,尽管看上去呈人形,确切地说,具有女人的曲线。更确切地说,看起来很像他们在大楼外面遇到的那个流浪老妇人的年轻版本。可是,他确信那并不是真人,因为他能看清其身后的背景。罗瑞感到浑身刺痛。

那个透明的女人径直走到后墙的一排书架边,拿起一本电话簿翻了翻,发出沙沙声。她笑了笑,然后……消失了。接着,她出现在罗瑞身边,咯咯地笑了起来。他吓了一大跳,可那个女人并没有注意到他。她再次做了同样的事:走过去,翻了翻,消失了。

一次又一次。

直到她这样做了四五次后,罗瑞才记起口袋里就装着钥匙,于是,他打开门走了出去。

罗瑞站在他的工位前不停地颤抖,约翰、迪安和鲍勃则在角落里偷笑。他知道,过一会儿自己也会加入他们,为他们开的这个滑稽的玩笑而哈哈大笑,并弄清楚F号储藏室里到底发生了什么。不过,他还要再缓缓。电话突然响了,他不假思索地接起来。

"喂!喂,是收发室吗?我是安德鲁·布朗。"

他不必自报家门,因为高科技电话系统不仅将安德鲁·布朗的名字显示在屏幕上,还附上了一张小图像。

"这里是收发室。"罗瑞说。

"听着,我正在等一份非常紧急的文件,它会从斯德哥尔摩寄过来。这些文件一到这儿就必须马上送过来,明白吗?"

在房间的另一头,一个人正对着约翰大吼大叫。至少,那一定是另一个人。

"布朗先生,您有孪生兄弟吗?"罗瑞说。

"这是什么可笑的问题?如果你一定想知道的话,我有一个姐姐,但我不明白这有什么……"

罗瑞低头看了看电话上的小图像,又回头看了看那个近乎歇斯底里的男人。

"您今天系了一条蓝色的领带吗?上面还……"罗瑞眯起眼睛仔细看了看,"沾了一点儿蛋液?"

在电话的另一端,安德鲁沉默了一阵,然后说:"天哪,是的,我的领带上沾了蛋液。谢谢你告诉我,但你是怎么……"

罗瑞又朝房间那头望去,然后低头看着电话。那个蓝色领带上沾着黄色蛋液的男人还在大吼大叫——他急着复印一份有关"特拉华州的税收影响"的文件。

"哦,没什么原因,"他喃喃地说,"完全没有原因。"

"我没问原因,我问的是……"

但罗瑞并没有听。当安德鲁·布朗在五楼的办公室里给他打电话时,他确信安德鲁·布朗同时也站在收发室的另一头。奇怪的事情确实正在发生。

5

"博士,你在做什么?"

博士并没有理会。当罗瑞努力应对着收发室的挑战时,博士正蹲在一间宽敞豪华的会议室角落里。红木装饰的会议室铺着厚厚的地毯,厚得盖住了博士的鞋子。房间中央有一张巨大的漆木桌,围坐在桌边的人都略显困惑地看着博士。他一只手拿着音速起子,另一只手握着一个疙疙瘩瘩的黑色小装置,正沿着地毯边缘扫描。然后,他站起来扫了一下窗户中央,又绕着酒柜扫了一圈。

"博士,"凡妮莎·拉英-兰道尔说,"我们都等着开会,你能不能……"

博士看了看疙疙瘩瘩的黑色小装置,它发出急促的哔哔声,听起来没完没了,十分刺耳。他扬起眉毛,"超光速粒子!许许多多的粒子。今年是哪一年?"

"什么?"

"哪一年?快告诉我,我们可没有一整天的时间……"博士摇了摇那个小装置,"也许我们有……也许我们拥有的时间比可以用的多得多。你刚才说今年是哪一年来着?"

"我刚才没说,今年是 2007 年。但是博士,我们现在必须得开会了,你看,时间紧迫而且——"

"从这些读数来看,时间紧迫根本不是问题,但现在是 2007 年……这是个非常糟糕的消息。不该产生这些读数啊,除非你们其中一人有……"他做了个鬼脸,又皱起眉头,"不,不可能,你们都没有充足的武器。请问,"他对着桌边那群困惑的高管喊道,"你们有谁带了时间抑制器吗?"

高管们面面相觑,然后一脸茫然地看向博士。

外面传来敲门声,凡妮莎的助理简冲了进来,"拉英-兰道尔女士,PZP 集团的人到了,我要带他们进来吗?"

凡妮莎噘了噘嘴。博士正在头顶上方挥舞着他的小装置。

"博士,"她说,"接下来的一个小时,在我们争取一份价值三亿英镑的合同时,你能坐下来并保持安静吗?"

"哦,好的。"博士若有所思地说,"时间就是金钱,千万不能忘了这一点。"他在其中一张椅子上猛地坐下,交叉双臂,跷起二郎腿,摆出一副全神贯注的模样。

"你知道这场会议怎么开吗,博士?也许你想让我简要介绍一下今天将要进行的事项,以及为什么这场会议至关重要,如此一来你就不会在开会时蹲在地上?"

"好啊,"博士说,"不如请你告诉我关于金钱的一切。"

会议概要很简单。PZP集团需要一家提供全方位服务的银行来帮助他们度过未来十年乃至更长时间。好吧，那只是营销话术，归结起来就两个问题：贵银行能帮我们赚钱吗？能给我们省钱吗？PZP集团是一家工业公司——在南美开采铝土矿，在东欧加工钨，在亚洲制造发动机。这些工作看似枯燥，有时甚至很危险，但一旦失去，整个西方文明将会崩溃。像这样的大公司需要一家聪明的银行，里面都是精明的、受过高等教育的人才，能想出绝妙的办法为智利的新矿区和印度的新金属加工厂筹集资金。问题是，莱克星顿国际银行是否足够聪明？

凡妮莎把博士介绍给围坐在桌边的人：西蒙，高个子、金发、宽肩膀的高级分析师；罗勃，稍矮一些的高级分析师；奥德拉，卷发的高级分析师……

"你们没有初级分析师吗？"博士问。

"有的，我们有。"奥德拉严肃地点点头，"但他们还不够资格来参加这场会议。"

最后，凡妮莎介绍了中级分析师安德鲁和萨梅拉。

"不过，他俩正在争夺榜首，对不对，安德鲁和萨梅拉？"

凡妮莎说这话的时候，听起来有点像小学老师。安德鲁和萨梅拉都微微退缩了一下，然后又重新挺直肩膀，露出微笑。

"对，"萨梅拉说，"我非常渴望得到升职。"

"没错，"安德鲁大笑道，表现得有点过于放肆，"而我非常渴望阻止你。"

他俩同时哈哈地笑了起来，勉强堆起的笑容十分僵硬。这时，简领着客户们进来了。

起初，会议进行得很顺利。三位美国客户——两男一女——喝着茶，还照例开了个英国人总是如何沏茶的小玩笑。他们很放松，把背靠在椅子上，欣赏着玻璃墙外远低于这一层的玻璃雕塑。

第一场发言开了个好头。安德鲁·布朗为PZP集团的下一个大项目——向欧洲出口镁制的设备——介绍他的策划，他展示出用饼状图制作的色彩缤纷的演示文稿——为此他把时间全都花在了排版和动画上。安德鲁原以为自己吸引了全场的注意，随后发现其中一位男客户把一张纸条递给了女客户，只见她打开纸条，点了点头，瞥了同伴一眼。于是，安德鲁忘了接下来该说什么，结结巴巴地停了下来。

他盯着那张纸条，美国客户则盯着他。

"有……"安德鲁终于问，"有什么问题吗？"

那位女客户露出非常灿烂的笑容，两排白牙闪闪发光。

"没问题，布朗先生，你接着说。"她顿了顿，"只不过，当摩根士丹利[1]向我们介绍时，其分析报告要复杂得多，他们还

---

[1] 国际性金融服务公司，业务范围涵盖投资银行、证券、投资管理以及财富管理。

谈到了关于税收影响的问题。"

"税收……?"

"特拉华州的税收影响,因为那是分析报告的重要组成部分。"

安德鲁·布朗扭曲的笑容变成柔和的微笑。

"对,"他说,"实际上,我已经准备了一份与之相关的文件。稍等片刻,我马上就拿过来。"

令客户们惊讶的是,他真的只花了片刻的时间。安德鲁几乎没有离开房间,甚至来不及走出过道,就抓着一叠刚复印好的热气腾腾的文件走了进来。他把文件分发给美国客户,后者快速浏览了一遍,露出了笑容。

博士看向凡妮莎,"你的团队动作非常快。"

"这是伦敦最高效的团队。"她微笑着回答。

接下来发言的是西蒙。他的发言非常精彩,只是中途被美国客户稍作打断。那人带着友好的神态微微笑着说:"你知道吗?当我们向美林[1]咨询时,他们有一位国际法专家随时待命。"

"专家……"西蒙的信心明显消失了,"我想我们可以……"

"哦,"萨梅拉说,"我已经让公司内部的高级律师在外面等候了,就是为了应对这类问题。"她站起来,直视客户的眼睛

---

[1] 世界最大的证券零售商和投资银行之一。

说,"请等我两分钟。"

她真的只花了两分钟,或许更少。仿佛她刚走进隔壁房间,就马上带着内部律师回来了。

"谢谢。"律师说,"抱歉让你们等了我那么久。"但萨梅拉迅速让他闭嘴。西蒙继续发言,凡妮莎对萨梅拉满意地点点头,安德鲁·布朗则投去厌恶的目光。博士扬起眉毛,什么也没说。

接着轮到罗勃陈述他的想法。美国客户仍然非常礼貌地倾听着,直到他的发言快要结束时才提出询问。

"但是,"女客户说,"科技要如何应用其中呢?例如,我们能够远程收到项目的更新吗?"她笑着说,"我讨厌不能用智能手机查看信息。"

"我们都靠智能手机活着。"另外一位男客户笑道,仿佛这是一个令人捧腹的笑话。

察觉到罗勃惊慌失措的表情,安德鲁抢在萨梅拉之前迅速站了起来。

"我也是这么想的!"他几乎喊了起来,"我准备了一项技术演示,请你们稍微给我一点时间。"

这次,安德鲁·布朗花了稍长时间才回到会议室。博士估计,大概够他跑到过道的尽头,搭乘电梯下一层楼,然后再上来。不过,这段时间并不够他——这么说吧——建造一台实地发送器的样机,并让机器每隔十五分钟将实时更新发到特制的应用程序上,而他还不知怎的把该程序装在了客户的智能手机上。这需要花费几周的时间,而不是几分钟。安德鲁·布朗看起来比刚才更疲惫了,而且……

"安德鲁,你刚才不是系了条蓝色的领带吗?上面还沾了蛋液?"博士说。

安德鲁看起来很震惊,也很害怕。"我……"他喃喃地说,"我系的是……"

"我想他应该是换了一条领带。"凡妮莎说,"对吗,安德鲁?"

"对。"安德鲁说,"现在,由我为您展示一下这个应用程序。"

客户们对此很满意,他们表情放松,面带微笑。显而易见,莱克星顿国际银行确实付出了加倍的努力。最后,轮到萨梅拉发言。她的报告完美无瑕,客户们也没有任何问题。她的最后一张幻灯片获得了全场的热烈掌声。

"太好了!"其中一位男客户说,"棒极了!"他对同伴咧嘴一笑,"这是我有史以来收到的最好的生日礼物。"

萨梅拉抬起头侧向一边,"今天是您的生日?"

"是的,"他回答说,"我不喜欢小题大做。不过,可惜这里没有蛋糕,嗯?"他开玩笑说。

"噢!"萨梅拉说,"不,我们为您准备了蛋糕!请在这儿等一下……"

客户们本以为她在开玩笑,但并非如此。她离开房间,回来时捧着一块巨大的蛋糕,上面写着:生日快乐格雷格。博士估计整个过程只花了十二点八秒。

"我们是一家提供全方位服务的银行。"她笑着说。

"你们当然是。"博士说。

"这都要归功于我实行的优秀的时间管理制度。"凡妮莎说。

"我相信是这样的。"博士说。

突然,他毫无征兆地抓住凡妮莎的胳膊,把她拽到外面的过道上。

"这是怎么回事,凡妮莎·拉英-兰道尔?这里究竟发生了什么?"

凡妮莎瞪大双眼,一脸无辜,"我不明白你的意思,博士。这里所发生的一切都出于跨国银行的优秀商业惯例,我们的能力范围覆盖面广,还拥有多面手的团队……"

"别跟我胡扯。这里发生了某些事,而你清楚得很。"

"我可以向你保证,博士,我并不清楚。"

凡妮莎突然意识到,她那不起眼的助理简也跟了出来,用好奇的眼睛盯着他们。如果博士要指责她管理不善,她可不想让全公司的助理都知道。

"跟我来,博士。"她说。

他们沿着过道走去,路过一间办公室时,正看见一位经理在和两名身着套装的推销员聊天。

"说得没错,布伦金索普先生。您想用多少都可以……"其中一名推销员说。博士好奇地看着他们。

"好了,"凡妮莎把博士的注意力拉回自己身上,"你到底想指责我什么?"

"你从哪儿来?"博士说。

"我从哪儿……?"

"这是一个非常简单的问题,你应该能给出一个非常简单的答案。你从哪儿来?"

"切尔西。"

博士向凡妮莎凑近了一些,但她并没有往后退缩——她的性格十分倔强。

"完全不对。"他悄悄地说,"你没必要撒谎,这里只有你和我,没有其他人能听见。无论你的回答是什么,都不会吓到我。你从哪儿来?"

凡妮莎深吸一口气,"只有你知我知?"

"不会有第三个人知道。"

"你不能走漏了风声。"

"我绝不会说出去。"

"你说得对。"凡妮莎说,"我不是切尔西[1]人,我来自卢顿[2]。"

博士急促地喘着粗气,"我不是这个意思,你知道的。凡妮莎,它在哪儿?"

"什么在哪儿?"

博士站得离凡妮莎很近,当他低声说话时,呼出的热气吹到了她的脸颊上。"你这双肮脏的手从哪儿弄来的时间机器?不管它什么样,一定非常原始。那么,我应该把它还给谁呢?"

凡妮莎笑了,"时间机器!博士,别开玩笑了,我知道我们很有效率,但根本不可能……"

"好吧!不是时间机器。毕竟,如果有了它,你怎么可能还会待在这颗星球上?像这样的大公司也许买过一些来自黑市的技术,就比如……"他在空中挥舞双手,"希格斯玻色子[3]转换器?"

凡妮莎还是一脸茫然。

"超级时间冷凝器?艾斯佩达人时间往返技术?拉斯顿战士短时脉冲波干扰技术[4]?"

凡妮莎直视着他的眼睛。"博士,"她说,"我对你提到的

1.2. 切尔西是伦敦著名的高级住宅区,位于繁华地段。卢顿是英格兰东部贝德福德郡最大的镇。
3. 又称"上帝粒子",一种自旋为零的玻色子,不带电荷、色荷,极不稳定,生成后会立刻衰变。
4. 源自拉斯顿战士机器人,第三任博士说它们"像闪电一样移动"。

这些东西一无所知。不过,如果你觉得不舒服,也许应该躺下来休息一下。"

博士眯起眼睛,死死盯着她的脸,"听着,我会查出你在偷偷做什么的。作为人类如此滥用时间旅行技术,估计既没有适当的防护,也没有训练,更没有受到任何监管!你难道从没听过布林诺维奇限制效应[1]吗?"

"呃哼。"轻微的咳嗽声从博士愤怒的视线下方传来。他低下头,看见那个叫作简的助理正捧着一个纸盘,上面放着一块蛋糕。

"我们想,"她说,"你可能想尝一点儿生日蛋糕?"

博士突然露出热情的笑容,"当然,你们真是太好了,我永远不会拒绝生日蛋糕——显然,我自己的除外,我的生日蛋糕上的蜡烛可能会把整颗星球点着。我相信你能理解。"

"不一定。"凡妮莎不以为然地说。博士正尝试把整块蛋糕一口塞进嘴里。

"唔……我的……唔……天哪……"他含糊地说,然后使劲嚼了几下,大口吞下了蛋糕,"我是说,我的天哪,这块蛋糕太棒了!我不知道萨梅拉从哪儿买来的——或者应该说'什么时候'——但老实说……我得告诉艾米。可以借用一下吗?"

---

[1] 一种虚构原理,通常指两个方面:一是时间旅行者不能"重做"自己之前做过的事,二是如果一个人与未来或过去的自己相接触,将会释放危险的能量。

博士从简的手中拿过智能手机拨了电话。

"庞德！"他说，"你得马上到这里来……是的，当然很紧急，如果不急我为什么要打给你呢？马上到十楼来！"

6

当博士在旁听会议而罗瑞在收发室偷听八卦时,艾米正在五楼"找些东西"。不过,她并不清楚自己要找什么"东西"。

博士让她花点时间和萨梅拉·詹金斯在一起,后者是位于这栋高楼中间楼层办公室的中层经理。可是,萨梅拉——一口兰开夏郡[1]口音的亚裔女性,甜美笑容与强硬态度形成强烈反差——却不希望艾米出现在自己身边。事实上,萨梅拉上下打量她之后说:"如果你真的在这里工作,就绝不会穿这么短的裙子。"说完便走了出去,"我去开会了。"她说。

在这种情况下,艾米只能做一件事。她坐在萨梅拉的椅子上,等到四下无人后,开始尝试翻找办公桌的抽屉。她清楚自己在布莱恩·埃德尔曼的办公室里看到了什么:他摆弄完手腕上的东西,悲剧就发生了。如果能找到证据证明萨梅拉也有一个类似的手镯之类的东西,她就可以把它交给博士,而博士会一下子解开所有

---

1. 英格兰西北部的郡,西临爱尔兰海。

谜团，然后，他们就可以一起去一个比银行更有趣的地方了。

最上层的抽屉是打开的，里面没有任何可疑的东西，只有文具和收据。艾米漫不经心地翻阅这些收据。太奇怪了，萨梅拉昨天两个小时内在同一家三明治店买了五次午餐。难道她患有饮食功能失调症？她看起来不像每天要吃五顿午餐的女人，但也许在银行工作比艾米想象的更消耗能量。

第二个抽屉也没上锁，里面有一本记事簿和一些看起来很无聊的报告，上面写着"客户指南"。艾米翻了翻记事簿，每一页都标有不同的日期，还附上了会议清单和艾米不太理解的服装清单。今天这一页记录着：周二，PZP集团，深蓝色西装，奶白色衬衫，珍珠耳环，左袖口有小块茶渍。萨梅拉可能得了某种强迫症。

她试了试第三个抽屉，它是锁着的。看来，这正是她要找的东西。上锁的抽屉意味着秘密，如果博士对此感兴趣，那肯定是既可怕又刺激的秘密，如果真是这样，那她必须得知道秘密是什么。

艾米从桌上拿起开信刀，试着塞进第二个抽屉和第三个抽屉之间的缝隙。如果她能把开信刀送入抽屉上方锁杆的凹槽里……她跪下来，以便能把滑溜溜的手柄抓得更紧。锁杆很重，但有那么一秒钟，她差点儿就搞定了，可开信刀当的一声滑了出来。艾米弯下腰，想要找个更好的角度再试一次……

"你在干什么？！"

艾米猛地站起来,头撞在了桌子边缘上。

"我……"她说,"听着,事情不是你想的那样……"

艾米注意到,萨梅拉确实穿了一套深蓝色西装和奶白色衬衫,衬衫的左袖口有小块茶渍,耳朵上还戴着一对珍珠耳环。

"在我看来,事情就是我想的那样,庞德女士。不管你是谁,也不管是谁派你来的,我要叫保安了。"

当萨梅拉伸手去拿电话时,艾米看到她的手腕上有个东西。那是一块手表——或者类似手表的什么东西——配有厚厚的黑色表带,上面有许多块转速不同的小表盘。奇怪的是,表盘的边缘看起来很模糊,好像振动得非常快,又好像表盘根本不存在似的。艾米想都没想就知道那是外星技术,于是她扑向萨梅拉的手腕。

"这是什么,萨梅拉?"她说,"我敢打赌,你一定不希望你的上司知道……"

"不要!"萨梅拉喊道。

艾米用力抓住手表,手掌之下,她感到手表侧面的某个按钮咔嗒一声按了进去。萨梅拉想把她的手拉开,但艾米没有松手。她们滚过桌面,把电话和一大堆文具碰到了地上。萨梅拉扭动着一只手,用另一只手使劲按住艾米的脖子,让她无法起身,然后用一只脚勾起她的后脚跟。艾米向后倒下去,重重地摔在地板上。萨梅拉用力挣脱了艾米的手。

萨梅拉在手表上按了一个按钮,艾米突然感到一阵疲惫。有那么一会儿，她感觉自己好像变重了，或者反应变慢了，接着又恢复了正常。她慢慢坐起来，眼前的画面令她感到害怕。

房间里像是有两个"幽灵"——她和萨梅拉的"幽灵"——正在打架。她能看见她们模糊的身影部分游离于现实之外，正在缓缓移动、说话、打架、摔倒。

"你到底对我做了什么？"

萨梅拉盯着手表。"不，"她说，"不对，没有同步。这是……"她又按了另一个按钮。萨梅拉和艾米的"幽灵"闪了一下，然后消失了。

"你学了空手道吗？因为我刚刚看到……"艾米一边问，一边揉着后脑勺撞到的部位。

在她旁边，电话因听筒摔了出来而一直发出哔哔声，屏幕上显示时间：下午1点36分。有一部"幽灵"电话在半空中慢慢翻滚，正朝着本体所在的地方掉落。艾米抬起手指碰了一下，她的手径直穿过"幽灵"电话，而电话仍在继续下落。

"我学了六年柔道，"萨梅拉心烦意乱地说，"拿到了黑带，只是一项爱好。不，不能坏掉……"她摇了摇手腕上的设备，又盯着表盘，"上面显示我借了双倍贷款？而且没有同时偿还？哦，不，这一定是……一定是因为……"

萨梅拉粗鲁地把艾米拉了起来。她的左手紧紧抓住艾米，右手则按了手表上的三个按钮，然后把其中一个小表盘上的指针往回拨了四分之一转。

艾米略微有种轻飘飘的感觉。地上的电话屏幕上显示时间：下午1点21分。

"这样好多了。"萨梅拉说，"恢复同步。"她又自言自语道，"明白了，这两个都算在我头上。"她沮丧地笑了笑，扬起眉毛，"好好享受这十五分钟吧，我请客。"

"你是时间旅行者。"艾米说。

萨梅拉叹了口气，"只是为了工作。你是怎么发现的？"

"我也是时间旅行者。"艾米说，"只是一项爱好。"

萨梅拉再没心思叫保安，事实上，她似乎很高兴有人可以说说话。她打开第三个抽屉，让艾米懊恼的是，里面竟然只有三明治和饼干。她分了一半鸡肉芝麻菜沙拉卷给艾米。

"不用了，谢谢。"艾米说。

"你有没有发现，吃午餐是一个大问题？"萨梅拉咬了一口三明治，边嚼边说，"我是说，什么时候吃才合适呢？我记不清自己花了多少小时，或者吃了什么，我的时间与别人完全不同步。我在三明治上花了一大笔钱。"

艾米摇了摇头，"我从没想过这个问题。"

萨梅拉又咬了一口三明治，"我记得你说你也是时间旅行者？"

艾米耸耸肩,"我想我们用的是另一种方法。不过,你怎么……你手腕上的那东西是什么,是时间旅行手表吗?它是什么原理?博士的……嗯,不管怎样,我听说过时空跳跃……它是那样工作的吗?"

萨梅拉因为可以同艾米自由交谈而显得很放松,她把手表展示给艾米看。

"真的很简单,"她说,"你只要拨动手表就可以得到更多的时间。就像我们刚才做的那样,往回拨四分之一转,我们就回到了一刻钟之前。这就像……你知道时制转换[1]吗?到了凌晨2点,每个人都把时钟往回拨,于是时间突然又变回凌晨1点?这个与之类似,不过只有你自己多出了时间。"

"当你这样做的时候,总会看到自己的'幽灵'吗?"

萨梅拉摇摇头,打开一罐酸奶,"那只是因为你碰了它。通常情况下,这一阶段过得很快,所以我看不到自己。撞到自己总是很尴尬,反正他们是这么说的。"

"他们?"

萨梅拉没有回答这个问题。"我想我真的应该少用它,"她几乎是在自言自语,"但还有太多事情要做。你知道英国财政大臣明天要在这里发表演讲吗?我们必须为此腾出明天的时间,这

---

[1] 从1996年起,欧盟成员国在每年3月最后一个周日把时钟拨快一个小时,实行夏令时;在10月最后一个周日将时钟回拨一个小时,恢复冬令时。

意味着今天要开三次会。另外,跟上工作进度已经够难了。那个叫安德鲁·布朗的家伙——我们在竞争同一个职位——人不错,是个好人,但我想要那份工作,你明白吗?"

艾米点点头。

"前段时间我有十足的把握,觉得自己肯定会得到那个职位,但最近几周他已经超过我了。我敢说他也有一块。"

"一块……时间旅行手表吗?"艾米问。

"嗯,"萨梅拉含着一口酸奶说,"如果你也是时间旅行者,你怎么会不知道这一切呢?你向谁借用时间?"

"借用?"艾米说。

就在此时,在比她低几层楼的地方,被锁在储藏室里的罗瑞决定打电话求救。

"艾米,"罗瑞小声说,"你得马上下来,我在F号储藏室。快来救救我!"

"可是我——"

"我被锁在里面了。"他低声说,"救救我!"

然后他挂断了电话。

"我得走了,"她对萨梅拉说,"我丈夫有麻烦了。"

她的手机又响了起来。

"庞德!"博士说,"你得马上到这里来!"

"博士,我做不到,我刚答应罗瑞要下楼去……你的事很紧急吗?"

"是的,当然很紧急,如果不急我为什么要打给你呢?马上到十楼来!"

博士挂了电话。

艾米盯着手机,愁眉不展。

萨梅拉一言不发地看着她。

"现在去十楼找博士。"艾米说,"我是说,如果他有很紧急的事需要我帮忙,那……但是,如果事情真的那么紧急,他还有时间打电话吗?博士自己不会有事,但罗瑞听起来有危险,至少他被锁起来了……"

萨梅拉喝完酸奶,把罐子扔进垃圾箱,把脚搁在了桌子上。

"听起来,"她说,"你好像需要借点儿时间。"

自从和博士旅行以来,艾米非常清楚地知道,无数次回到同一历史时刻并试着改写结局,是绝对禁止的。除了自身的悖论以外,还有太多的生物、实体和各式各样的怪物对该行为产生的漏洞感兴趣。不过,她心想,那种情况也许只适用于搭乘塔迪斯旅行?小小一块手表似乎……嗯,没什么问题。

"完全没有问题。"辛明顿先生说。

"我们有非常可靠的保障措施。"布伦金索普先生说,"我们可不想失去任何一位客户！"

辛明顿先生和布伦金索普先生齐声大笑起来。

他们应萨梅拉的手表的召唤而来，到得出奇地快。他们激动无比、兴奋异常、充满期待地——正如他们不断提到的那样——想要给她一块手表。他们的样子有些奇怪，不仅身体边缘十分模糊，而且两人的背上——在他们的外套下面——都有一个奇怪的肿块。艾米一直想好好看看肿块，但两人都坚持正对着她，跟着她的视线转身。除此之外，他们极其迫切地想让她戴上手表。

"那么，这块手表该怎么使用呢？"艾米仍然有点不放心地问。

"非常简单。"辛明顿先生说。

"方便极了。"布伦金索普先生说。

"像您这样专业聪明的女士，掌握它毫不费力。我们只是贷给您时间。像这样戴上手表，"辛明顿先生把它戴在她的手腕上，手表比她想象的更冰凉更沉重，"把手表往回拨就可以借用时间；自然，您也可以按下这个按钮来偿还时间。"

"偿还时间？"

"是啊，当然了。"布伦金索普先生热情地笑着说，"我们毕竟不能白给时间！是的，只要按一下这里就可以了，而且我们认为您会同意以非常合理的利息偿还——每小时五分钟。"

"记住！是每小时！"辛明顿先生附和道。

"偿还的时间从您的生命里扣除,不过说实话,"布伦金索普先生笑着说,"您真的在乎失去五分钟吗?"

"也就是看一段广告的时间。"辛明顿先生说。

"擤个鼻涕的时间。"

"发个呆的时间。"

艾米犹豫了,她绝对应该向博士咨询后再做决定。可是,如果她上楼去找博士,就不能去帮罗瑞,而且现在已经迟了。如果她用了那块表……界面出现了,仿佛是由灯光投射到手表的玻璃表盘上生成的。这是一条内容很长、字体很小的信息,末尾则用大号字体写道:

如果您接受所有条款,请点击"同意"。

"只要用拇指按一下这里,一切就准备就绪了。"布伦金索普先生说。

"按下去就可以了。"辛明顿先生说。

"可要是这一切……"艾米问。

"哦,快按吧。"萨梅拉说,"没有人会看条款,不是吗?"

艾米的手机又响起来,博士和罗瑞同时打了进来。

"那好吧!"她说着,按下了"同意"。

7

艾米不得不承认，这种感觉令人兴奋。

重点是，她没有感觉到任何异样，而且，她确实没有看到自己的"幽灵"，也没有诡异的怪物从时空的缝隙中悄然而生。她只是……拥有了更多的时间。

她往回拨了大约一个小时，发现自己仍站在萨梅拉的办公室里，辛明顿先生和布伦金索普先生还跟她在一起。不过，萨梅拉并不在这里。时钟显示为下午1点。

"詹金斯女士还没回来。"布伦金索普先生说。

"现在是下午1点，庞德女士。午餐时间才刚开始，这些时间都是您的——全部都是。"

艾米皱着眉看向他们，仍然心存疑虑，"你们说过，等我想偿还时间的时候，只要付五分钟的利息就行？每小时五分钟？"

"记住！是每小时！"辛明顿先生重复道，"没错。"

"如果您还不确定的话，就再看看条款吧。"布伦金索普先生说。

"现在我们得走了。"辛明顿先生说。

他们走出办公室,艾米紧随其后,但当她往过道里看时,他们已经不见了。

"花一点午餐时间给我的丈夫一个惊喜,"艾米轻快地说,"这有什么错吗?"

"不,没有错。"罗瑞紧张地眨着眼睛,"只是我,嗯,我还什么都没做,不是吗?该不会你要告诉我,这是我不能再搭乘塔迪斯旅行的前奏吧?哦,天哪,难道博士认为我没用吗?好吧,我是没用,但也许我的用途在其他方面?可能是当诱饵或者假目标?把注意力吸引到错误的方向?哦,天哪,我不会永远待在莱克星顿国际银行吧,告诉我不会吧?"

艾米想不出别的办法来打断罗瑞的歇斯底里,便倾身吻了他。他紧张地在她的唇下颤动了一会儿,然后慢慢地放松下来。艾米坐了回去。

"我,嗯……"他说着,陷入了沉默。

"给,"她说,"我给你带了三明治。"

他们正坐在一个有喷泉的小庭院里,小花园挡住了主路。艾米找到这个地方,买了些三明治,然后又把手表往回拨,这样她就能在罗瑞打电话后十分钟内找到他,也就是他意识到自己可以从F号储藏室逃出来之后。

"火腿和奶酪！我的最爱！"

艾米笑了。太好了，她终于有时间好好照顾他了。记得他最爱的三明治口味并不算什么，毕竟她被关在潘多拉魔盒里时，他照顾了她那么多年。她发现自己仍然记得那件事，那段记忆潜藏在更快乐、更真实的记忆之下。就像做了一场可怕的梦，但她知道那根本不是梦，而是另一种真相。现在这个罗瑞快乐地嚼着三明治，为在袋子底下找到一个梨子而感到开心，因为梨子也是他的最爱，而且很难在三明治店买到；而在另一种生活里，那个罗瑞为她等待和守护了两千年。

她搂着他的胳膊，在他吃东西的时候亲了亲他脑袋的一侧。

"因为我爱你，傻瓜。"她说。

吃完午餐后，艾米把罗瑞送回收发室。她想建议他们一会儿就离开，毕竟，谜团基本上已经解开了，不是吗？罗瑞之所以发现安德鲁·布朗同时出现在收发室和办公室，是因为他用了手表。至于布莱恩·埃德尔曼的死因？好吧，她还没有完全弄明白——也许他借了过多的时间，以至于被偿还的利息给害了——但也许就像凡妮莎说的那样：过劳死。

好吧，她现在就去和博士谈谈——也就是一个小时以前——搞清楚什么事这么紧急。再给他看看这块手表，大概一切就真相大白了。然后，他们就可以离开这家恼人的银行，找一个更令人兴奋的地方探险。

她站在银行大厅里，把手表拨回下午1点。她每次这么做都觉得有点刺激。所有东西保持不变，只有几个人换了位置，仅此而已。这种变化并不可怕，只是一些缓慢有趣的淡入淡出，有些人消失了，又有些人出现了。她想知道，如果把时间退回很久很久以前——二三十年之前——这里会是什么样子，建筑又会有什么变化？但那意味着借用二三十年的时间，再以每小时五分钟进行偿还……好吧，她虽然不太擅长数学，但确信自己不想到头来偿还那么多利息。

不过，再多一个小时也无妨。她又把手表拨了回去，当下午1点变成中午12点的时候，人群又出现了华丽的融合效果。她的身体也感觉良好——满心欢喜、充满活力——好像能感觉到额外的一个小时一下子回到了她的身上。这种感觉就像是在一秒钟内多睡了一个小时，所以你能真正体会到手表带来的好处。

她不假思索地又做了一次。嗖！时间回到了上午11点，就在他们把塔迪斯停在地下室之后不久。如果她现在搭乘电梯，就能在博士打电话之前到达顶楼。那得多令人叹服啊！

只不过，在坐电梯的时候，她开始担心博士是否真的会叹服于此。她盯着电梯镜中的自己，皱起了眉头。她可能会被批评一顿，现在似乎就能听到博士在说教："瞎折腾时间旅行，艾米。""乱掺和你不懂的东西，庞德。""你知道这块手表究竟是什么工作原理吗？"她对自己翻了个白眼。博士是个超级怪才，他不明白并非所有人都想把电脑拆开了解其工作原理,大多数人只是想使用它。

她看着镜中的自己。她的头发什么时候变得那么长了?上次理发是什么时候?想要记住这些事情真是困难。还有她的指甲……她通常自己动手做指甲,但大城市里一定有高档美甲店,更何况她确实应该好好享受一下……她按下"开门"按钮,走回了大厅。

艾米本打算剪个头发、修一下指甲,然后直接回到银行。她提醒自己,博士正在等她,那通电话听起来真的很紧急。

要不是因为在美甲店排了会儿队,而美发师又给她做了一次非常舒服的头部按摩,她也不会完全忘记了时间。当她做完这些事的时候,时间不知怎的已经到了下午1点30分。她又一次来不及去见博士了。

她安慰自己没关系,只要把手表再往回拨一个小时,她就有充足的时间回到银行。她拨动手表,美发店外面的街道闪着美丽的光。时间再次回到她的身上,她感到难以置信的活力和兴奋。就在此时,她有了一个大胆的想法。

艾米并不傻。她已经算过了,自己一共借了大约五个小时,所以她欠辛明顿先生和布伦金索普先生大约二十五分钟的生命。这算不上什么大事。事实上,对她来说,少活多长时间才算大事呢？反正不是一个小时，甚至一天也无所谓。那就一周吧，她不想到头来欠他们超过一周的时间。当她变成老奶奶的时候，一周又有什么用呢？

那么，拿一周的生命可以借多少小时呢？她在外套口袋里翻来翻去，找到一个旧信封和一小截铅笔。信封不是她的，上面写的是：致桑塔人大使。她耸了耸肩，这件外套本来也不是她的。

艾米靠在墙上，开始做算术。她每借一个小时，就需要还五分钟。拿一周的生命可以借多少小时呢？一周有七天，一天有二十四小时，一个小时又有十二个五分钟，所以她可以心甘情愿地拿一周的生命借用两千零十六小时，也就是八十四天或者近三个月。这真是……令人兴奋。

当然，她决定不会全部用完，但有了这些时间，她可以做很多事！

她看了看时间，又到了下午1点，她再次来不及去见博士了。不过还好，她再也不会迟到了，真的不会。

她一时冲动，把手表往回拨了二十四个小时。在她的注视下，街道逐渐融入黎明，再退回黑夜，星星朝着错误的方向划过天空，然后回到昨天的傍晚，接着回到昨天的日落，最后回到昨天的下午。这种变化十分平稳，就像时光倒流一般。仿佛时间又回到她的身上，还给她带来了新的体验！她从未意识到，一整天充满多少能量！她感觉棒极了，好像无所不能。于是，她租了一辆车开到利德沃斯[1]。

  她的爸爸妈妈见到她自然开心极了。对艾米来说,与真实存在的父母待在一起的时光永远也不够。虽然她记得他们陪伴自己成长的每一刻:他们参加的每一场学校演出,一家人度过的每一个平安夜和海滨假期,以及自己经历的每一次膝盖擦伤。但她也隐约记得,经历这些事情却没有父母在场的感觉:她孤独地长大,明明记得星星的存在,可天上却没有星星,她还记得蓝盒子里的邋遢鬼总有一天会回来接她。

  没有什么比在父母家过一夜更好的事了,尤其是她刚借了一整天空闲时间。他们以为艾米去度假了,所以见到她很惊讶。艾米则告诉他们计划有变,她可以在家待一天。妈妈给艾米做了她最喜欢吃的烤牛肉,爸爸向她展示了扩建车库的计划。她又让他们拿出自己童年时期的所有照片,每一张都看了一遍,这样她就可以让自己放心,一切还是她离开时的样子。

  艾米盖着小时候用过的旧羽绒被睡着了,床底下的旧盒子里还装着罗马士兵玩具小人。当她醒来时,已经快到中午了,太阳正从窗户外面照射进来。她的父母可不喜欢她赖床。倒不是说他们会生气,只是爸爸会把报纸弄得哗哗响,说:"又睡懒觉了,

---

1. 在《神秘博士》剧集中,艾米童年时期与父母居住于此。

艾米莉亚？你的睡眠充足吗，孩子？是那个罗瑞让你睡得太晚了？你想让我跟他私下谈谈吗？"这种场景如此尴尬，以至于她不想在回家之旅中体验一丝一毫。

她把手表往回拨，时间变成早上 8 点，这正是起床的最佳时间，再加上她又体验了时光倒流的美妙感觉。妈妈正在花园里把洗好的衣服晾起来，爸爸在楼下修理洗衣机接触不良的故障。嗯，其实……艾米又往回拨了几个小时，那种令人愉快的感觉又在她心头涌起。等妈妈起床的时候，她已经把衣服洗好晾了起来，做好了早餐（好吧，虽然只是烤面包和煮鸡蛋，但为了防止面包烤焦、鸡蛋煮过头，她不得不把时间往回拨了好几次，还冲到加油站去买了一些鸡蛋），还从花园里采了一束花摆在客厅的桌子上。她甚至找出扳手，把洗衣机后面松动的接口拧紧了。

从她父母的脸上可以看出，他们对她刮目相看，大吃一惊——主要是吃惊。

她一路笑着开回伦敦，一边开车，一边不停地触摸那块手表。让时光倒转可真容易，她想，如果开车的时候这样做，太阳就会一直停在原位。这种感觉太棒了！她伸出手正准备拨动手表，突然想到，如果时光倒流后在高速公路上撞到另一辆车怎么办？或许，这不是个好主意。她想知道，他们是否在自己还没读过的条款中提及此类危险，于是她把车停在路边，想看一看条款，但她无法让信息再次显现。那就算了吧。

回到伦敦后,她打算直接去银行找博士。他想和她谈些什么来着?她不太记得了。艾米突然意识到,为什么萨梅拉要在抽屉里放一本详细记录每日着装的记事簿。当你可以随时回到过去,就会很容易忘记每一天接连发生的事情。

突然间,她反应过来,自己换了全身的衣服!她把在塔迪斯里找到的那套西装留在了利德沃斯,回来时穿着她自己的舒适的裙子、靴子和鲜红色的套衫。她可不能穿成这样走进银行!现在能做的只有一件事。

牛津街上的商店刚一开门,她就冲了进去。她以前从来没有这么早去买过东西——没有拥挤的人群,简直太轻松了。每逛完一家商店,她就把时间调回上午9点,然后成为下一家商店的第一位顾客,如此往复。在意识到不对劲之前,她已经拎满了袋子,感到筋疲力尽。太奇怪了,这才上午10点,她就已经累了吗?啊,她明白了:她把时间往回拨了那么多次,已经近二十四小时没睡觉了。

好吧,不能在困得不行的时候去见博士。于是她再次往回拨,回到了昨天晚上。这是很长一段时间,又带给她一种奇妙的感觉。她走到离自己最近的豪华酒店——有着黄铜招牌和锃亮的木制配件——用信用卡登记入住,这张卡是她和罗瑞约定只在紧急情况下使用的,她就用这一次。

"好了，艾米。"当她从又大又软的羽绒床垫和松软的枕头上醒来时，她对自己说，"好了，镇静点，该去见博士了。"

手表还戴在她的手腕上。昨天晚上，她试着把它摘下来，但不知怎的解不开手表的锁扣。

她无法停止思考各种可能性，脑子里一片混乱。或许可以用这块手表帮博士做点什么？他会喜欢什么呢？或许可以回到几天前的莱克星顿国际银行，给他留下点东西。那会很有趣，正是他所喜欢的那种时间玩笑，又或许……

她停下来，使劲盯着手表。这一切都太容易了，不是吗？她有好几天没见到罗瑞，现在很想他。那些时间都去哪儿了？她想知道自己一共借了多少时间，因为这几天的记忆都混在一起。她从床头柜上拿起一张酒店的信纸和一支铅笔，尽可能详细地把做过的事记下来：理发、美甲、与罗瑞共进午餐、去利德沃斯、逛牛津街，再加上昨晚……总共是四天，她想，也许吧。九十六个小时换算成利息，也就是四百八十分钟。足够了。

她还是迟到了。从酒店走出来之后，她错误估计了路上的时间。当她到达银行时，已经是下午1点20分，那时候他已经打过电话，而她并没有接。她想把手表往回拨，这样就可以准时到达了，但一想到过去的四天时间去了哪里，她就有点不舒服。这太容易了,花掉四天时间肯定不该这么容易吧?

"庞德!"当她走出电梯时博士喊道,"你迟到了。你还没有尝过这种美味的蛋糕,还没有……"他停了下来。

博士盯着她。

艾米知道自己看起来没什么变化,除了发型和稍微有些不同的西装。她以为他不会注意到这点。

博士把脸凑近,又围着她看了一圈,然后抓住她的手腕,把袖口往上一推,终于看到了手表。

艾米不由地感到有些羞愧。

"哦,庞德,"他说,"你做了什么?"

8

"太糟糕了，"博士说，"非常非常糟糕，看不出还有什么比这更糟糕的事了。你怎么把这东西取下来？"

他们站在空无一人的会议室里，博士正在和艾米手腕内侧的锁扣较劲。它们只是几个相互扣住的搭扣，看上去好像很容易解开，但不知什么缘故，博士每次试着打开时，他的手都会滑出去。

"受到保护！"他喊道，"它已经被编织进你的个人时间流中，移除它的唯一方法就是摧毁储存时间的中央枢纽，但中央枢纽在哪里？在哪里？"

"博士，"艾米说，"你为什么这么惊慌？"

"惊慌？我没有惊慌！我只是非常冷静、非常理性地认为，我们必须把这东西从你身上取下来。"

"但为什么呢？"

"你知道这是什么吗？不，你当然不知道，怎么可能知道呢？你只是随便让某个人在你的手腕上装了某种时间工程设备，我想，你大概经常这样做吧。这是一种时间收割设备,像只寄生虫,或者说寄生生物中很小的一部分。日子久了,它会开始夺走你的时间。你真的不会希望这样的事情发生的,相信我。"

他焦虑地踱着步,在空中挥舞双手,又揉了揉额头。

"想办法,博士,快想办法!"他喃喃自语道。

"但是博士,没事的,"艾米说,"它没有夺走我的任何时间。"她深吸一口气,"事实上,恰恰相反,它借给我时间,博士,我想借多少就借多少。不过,"她急忙补充道,"我只借了四天左右,利息只有大约八个小时!没什么要紧的!"

博士停下脚步。

他转向她,"再说一遍。"

"我只借了四天。"她说。

"下一句。"他的脸色变得非常严峻。

"利息只有……"她慢了下来,"大约八个小时?"

"你是说利息吗?"

艾米突然有点想哭,但不知道为什么。

"是的。"她回答道,声音非常小。

博士把额头抵在她的额头上,过了一会儿,他轻声说:"哦,艾米。"他说,"情况非常糟糕,我不知道怎样才能好起来。"

他把她的手腕拉过来,按了上面一两个按钮,又戳了戳表盘上她从未注意到的小缺口。界面出现了,从手表向空中投射出发光的橙色字母,上面写着:**借用时间总计四天零三小时。**

"你瞧,"艾米边说边扭动手腕,想挣脱他的手,"正如我所说,借了四天,利息总共八个小时。没事的!我现在就能偿还,只要按一下……"

她伸手去够辛明顿先生和布伦金索普先生给她展示过的那个按钮——"偿还你所借时间"的按钮。他们曾提醒她,这一过程可能会让她感到有点疲惫,因为偿还的全部时间会从她的生命里一次性拿走,但这总比博士对此小题大做好得多。

"不要!"博士大喊,把她的手腕扭到一边,不让她够着。

"哎哟,你弄疼我的手了!"

"没有你想要偿还时间那么疼。你看,只要看看利息就知道了。"

界面的内容变了:**利息为每小时五分钟(含所有小时)。**

"我就是这么说的。"艾米说。

"不,你说的是每小时五分钟。"

"上面就是这么写的。"

"不!"博士转过身,从桌上抓起一支马克笔,"上面写的利息与你说的完全是两码事。如果你答应我不碰那块手表,我就解释给你听,你答应吗?"

"我答应。"

"好！你看。"

他开始在面向中庭的玻璃墙面上计算。

"如果按照你说的来算，每小时五分钟，对吗？你一共借了九十九个小时，就四舍五入成一百个小时吧，这样算起来容易些。五乘以一百是多少？"

"五百。"艾米有点愠怒地说。

"也就是说，你欠了五百分钟的利息，对吗？"

"对。"

"不对！"

"不对吗？"

"不对，因为利息要算上所有的时间。"

"哦。"

艾米开始有一种不祥的预感，感觉自己做了一件非常愚蠢的事。

"博士，你的意思是，从我借用时间起的每个小时也要算上？"

"我知道你在想什么，艾米。"

"是吗？"

"你在想，每小时五分钟再算上借用的每个小时，就是五乘以一百再乘以一百。"他把数列写在玻璃墙面上，"答案是？"

他开始让她想起以前恼人的数学老师。

"嗯，五万？我欠了五万分钟？！"

"哦，艾米，如果——我是说如果——你只欠了五万分钟，那也只有大约三十五天，你现在就可以偿还，也不会真的注意到什么变化，可能会觉得有点儿困，喝杯咖啡就好了。可是，艾米，他们是在利息上收取利息。"

"那也不会有很多吧，博士？"

"不会有很多吧？老师在学校什么都没教你吗？这是复利，利滚利。"

他凝视着艾米，而她一脸茫然。

"复利，庞德，银行和大企业正是靠它才得以建立，这也是人们还不起信用卡的原因。在你们这颗愚昧壮丽的星球上，正是这种理念让穷人更穷，富人更富。这就像……看到那个蛋糕了吗？"

他指了指桌子中央那个巨大的蛋糕，上面写着：日夬乐雷格[1]。参加会议的人们十分努力地想要把它全部吃掉，但只吃了十分之一。

艾米点点头，"是的，我看到了，蛋糕我能明白。"

"好。"博士切下一块蛋糕，上面的巧克力糖霜很厚，"看着蛋糕，集中注意力。蛋糕的黄色基底代表你借用的一个小时，

---
1. 原文是"生日快乐格雷格"，由于蛋糕被切掉了一部分，因此文字并不完整。

上面的糖霜则是利息。明白吗？"

"明白。"

"好，已经过了一个小时。现在我们再借一个小时。"

他又切下一块蛋糕。

"这是你新借的时间——蛋糕，加上利息——糖霜。另外，你还欠一片额外的糖霜，因为你有两块蛋糕了，对吧？每个小时你要为借用的每一块蛋糕偿还一片糖霜。"

他从蛋糕上切下一片额外的三角形软巧克力糖霜，只留下蛋糕光秃秃的基底。

"博士，你破坏蛋糕了！"

"我们再切一块蛋糕，十块也行。不管怎么说，它们真是美味。你看。"

他把晃动的巧克力糖霜放在第二块蛋糕上。

"这些是你欠的利息。现在，我们再借一个小时。"

他又切了一块有糖霜的蛋糕。

"再算上利息。"

他又切下两片厚厚的褐色糖霜，把它们堆在第二块蛋糕上。

"小心点，博士。"艾米说，"那块蛋糕上的糖霜加起来都快要比蛋糕本身还大了！"

博士抓住艾米的肩膀，死死盯着她的眼睛。

"这正是问题所在。"他说，"我们再借一个小时。"

他再次切下一块蛋糕和三片糖霜，然后把额外的糖霜和已经切好的糖霜堆在一起。

"这里有一块完全用糖霜做的蛋糕了。"艾米说。

"没错。"博士说，"那么现在，如果你再借一块蛋糕，我们一共需要切下多少片糖霜呢？"

博士又切了一块蛋糕。

艾米数了数蛋糕，"有五块蛋糕，所以要切下五片糖霜。"

"但你看看这块完全用糖霜做的蛋糕。"

"哦，没错。如果算上它，那就是六片。"

"所以我们得再切一片额外的糖霜，还好我们有个大蛋糕。"

"但六片糖霜组成了一整块额外的蛋糕。这意味着从现在起，每当我再借一个小时，我就会多得到一片由它产生的糖霜。"她感到一阵恶心。

博士慢慢地点了点头。

"你几乎切光了蛋糕上所有的糖霜。"艾米说。她没说错，蛋糕差不多只剩下基底了。

"利息的增长速度远远快过你实际的借用速度。每过一个小时，你借的每一块蛋糕就多一片糖霜。"

"那得有很多糖霜了。"

"这就是复利的计算原理。最终，你要为糖霜付出的代价是蛋糕的几千倍。"

艾米盯着那堆又软又甜的褐色糖霜。她以前并不讨厌糖霜，但现在却不确定自己是否还想再吃了。

"那么我欠多少时间呢？按复利算的话？"

博士帮她算了出来。

艾米盯着这个数字看了很长时间。她以为自己可能会晕倒或者呕吐，仿佛她吃掉了一屋子的糖霜一样。

"你一定是弄错了，博士。"

他摇了摇头。

"可我只借了四天，博士。"

她一直盯着写在墙上的数字。她欠辛明顿先生和布伦金索普先生十年的时间。

"十——年——"

"即使你不再借用时间，从现在起每小时也会欠一年左右的时间。"

她并没有尖叫，而是开始抓扯手表。她发现自己在发抖。

"拿下来，"她说，"把它拿下来，把它从我手上拿下来……"

她从酒柜里拿出一只开瓶器，想用瓶塞钻撬开手表底下的锁扣。她的手腕在流血，但她不在乎。她只想把那东西取下来。

"艾米，艾米！"博士奋力阻止她，在她伤得更严重之前，把开瓶器从她手里夺了下来。

"您有什么问题吗？"辛明顿先生在她身后问。

这时，艾米尖叫起来，浑身战栗。她转过身，看到他们突然就站在那里，不知从何而来。

"我们当然希望您没有任何问题。"布伦金索普先生说。

"我们当然希望您没有尝试移除我们极其昂贵的时序资产管理设备。"辛明顿先生说。

"因为我们相信，您在阅读我们的条款后一定知道……"

"在按照我们的建议通读一遍后……"

"尝试移除时间捕捉手表是死罪。"

"死——"艾米尖声说。

"是的。"辛明顿先生说，"如果您尝试移除它，您的全部剩余生命将被没收。"

"但您不会想要违反我们之间的协议吧？"

"像您这样的好女孩。"

"看哪，布伦金索普先生。"辛明顿先生冰冷微湿的手抓住艾米的手腕，他的牙齿突然变得比她记忆中的还要大，"这些刮痕似乎表明她一直在尝试。真是个坏女孩。"

辛明顿先生的嘴咧得越来越大。他的下巴向后缩，嘴巴张得比任何人类都要大，牙齿也多得多。他露出锋利的尖牙，与灰色的皮肤十分相配。

艾米这才意识到，辛明顿先生和布伦金索普先生背上的肿块很像鲨鱼的鱼鳍。他们正在逐步靠近，晃动着鲨鱼一样的脑袋，鱼鳍从衣服里扎出来，还露出巨大血红的牙齿。

艾米看着博士。

博士也看着她。

"快跑！"他们齐声喊道，然后狂奔起来。

他们冲出会议室，博士把艾米从中庭拖向电梯。辛明顿先生和布伦金索普先生在后面穷追不舍，张着血盆大口，脑袋看起来更像鲨鱼了。

其他办公室的所有人都没有注意到辛明顿先生和布伦金索普先生。艾米认为他们一定经历着相同的时间间隔，这意味着她在使用这块恼人的手表时没有撞见过自己。即使辛明顿先生跳过一张桌子，把一大堆文件撒得到处都是，桌子后面的人也只是平静地捡起文件，就好像它们是被风吹走的一样。没有人打算帮助他们，这些人只能看到他们在躲避什么东西的追赶。

"别关门！"当他们路过拐角时，艾米喊道。电梯的门正开着，他们就要赶上了！她感觉到辛明顿先生吹到自己脖子上的热气，闻到了恶心的血腥味儿，便拖着博士加快了速度。艾米抄起几把办公椅朝身后扔去，想阻止辛明顿先生和布伦金索普先生跟上。

她回头瞄了一眼，辛明顿先生绊倒了！布伦金索普先生一边顶着鲨鱼脑袋朝她大吼，一边把同伴拽了起来。博士猛地拉了一下艾米的胳膊，让她向前跌进电梯，重重地撞在他的身上。她猛按电梯的"关门"按钮,辛明顿先生和布伦金索普先生就要进来了,门却迟迟没有关上。他们已经离得很近了,而且没人能看见他们……

博士把音速起子对准电梯门,门顺利地关上了。时间刚刚好,只听见砰的一声巨响,电梯门上砸出两个鲨鱼鼻子形状的痕迹。电梯正在下降,直到这时,艾米才注意到电梯里不只他俩。安德鲁·布朗——她之前见过的那个人——盯着鲨鱼鼻子形状的痕迹,又看了看博士和艾米。

"我们刚刚在谈判。"博士说,"有点激烈。"

安德鲁·布朗紧张地笑了笑,在下一层走出电梯。

电梯下降时,艾米轻轻地跺着脚。"我们得带上罗瑞。"她说,"他还不知道这些情况,会有危险的。"

博士点点头,"带上罗瑞,回到塔迪斯,离开这里。等我们离得够远之后,再想办法把那东西从你的手腕上取下来。"

"他们就不能直接拿走时间吗?"艾米说。

博士举起艾米的手腕阅读上面的小字,对着设备皱起眉头。

"嗯,看起来不能。聪明的法律措辞——没收时间须由本人操作。他们似乎遵守着条款,只要不接近他们,他们就无法拿走你的时间。"

"他们会在楼下等我们。"艾米说。

"肯定会,"博士说,"有那么多时间供他们支配。"

"所以,当我们到达一楼时……"艾米说。

电梯在一楼停下,门开了。

"是的,"博士说,"当我说'跑'……"

辛明顿先生和布伦金索普先生早已等候在大厅,他们像肉食性鱼类在寻找猎物一样,左右摆动着灰皮肤的尖脑袋。艾米和博士设法躲在从另一部电梯出来的人群后面。起初,那两个鲨鱼人并没有注意到他们,突然,他们的脑袋恰好在同一时刻转了过来,眼睛一眨不眨地瞪着两人。

"快跑!"博士喊道。

他翻过齐腰的玻璃门禁,艾米跟在后面,边跑边朝保安大喊:"他们在追我!救命,他们在追我!"

四个身穿黑色制服、身材魁梧的保安立刻看向她身后。正在忙自己工作的人们全都停下脚步,想看看发生了什么。虽然人不多,但还是给辛明顿先生和布伦金索普先生制造了不少的障碍。艾米和博士跑出大楼,她抓住博士的手,把他拽到有喷泉的小庭院去。四天前的她曾经和罗瑞在这里吃午餐,换句话说,此刻的她正和罗瑞在这里吃午餐。

如果她没有处于迫在眉睫的危险中,这种时刻会很有趣。她看不见另一个艾米,但博士和罗瑞都可以。罗瑞看了看她,又看了看那位隐形的用餐同伴。

"是艾米吗?"他说,"但是……艾米?"他举起双手,摆出熟悉的"别打我"的姿势,"这是某种时间旅行,对吗?"

"聪明。"博士喃喃道,"布林诺维奇限制效应的制约。非常聪明。"

"对,时间旅行。"艾米喊道,"没时间解释了,有鲨鱼人!"她抓住他的手,继续跑起来。

随着他们的离去,她感觉自己的记忆发生了改变。是的,在吃午餐的时候,罗瑞突然中途跳起来跑掉了,而她很生气。

他们绕到大楼后面,气喘吁吁地靠在墙上休息,已经有几分钟没见到辛明顿先生和布伦金索普先生了。

"我们甩掉他们了吗,博士?"

博士摇了摇头,"只要你还戴着那个东西,就完全不可能甩掉他们。如果我们能回到塔迪斯,也许就能……"

"你刚才说的是鲨鱼人吗,艾米?"罗瑞说。

"什么?"艾米说,又一次徒劳地想要解开表带。

"像那样的吗?"

在狭长街道的另一端,辛明顿先生和布伦金索普先生看见了他们,开始迈着大步跑起来,好像永远不会累似的,而且也没有人挡路。

"快跑!"艾米拉着罗瑞的胳膊。

"不,等等。"罗瑞说,"我有个主意。"

"如果他们追上来,他们会杀了我的!"艾米说。

"除非他们能抓到你。"罗瑞说着,从口袋里掏出塑料材质的粉色超级幸运浪漫相机。

"哦,"艾米说,"哦!"

当使用超级幸运浪漫相机时,通常应该把镜头朝向自己。但罗瑞采用另一种方式,把镜头对准了辛明顿先生和布伦金索普先生。后者睁着可怕的黑眼睛,马上就要扑过来了。

"笑一个。"他说着,按下了相机的快门。

时间泡在辛明顿先生和布伦金索普先生周围不断扩大。他们拼命挣扎,咬牙切齿地咆哮着,但泡泡还是在逐渐收拢。随着嘭的一声,泡泡变成了一个果冻状的球体。他们被困住了。

"好主意,罗瑞。"博士说,显然很满意。

罗瑞耸了耸肩,但高兴得脸都红了。

艾米戳了戳泡泡。里面的鲨鱼人似乎移动得非常快,以至于只能看到模糊的尖牙和血淋淋的牙龈。

"现在最好赶快离开。"博士说,"毕竟,这是一个浪漫惊喜,五分钟后他们可能就被放出来了。"

罗瑞点点头,从时间泡旁边退开。三人绕过拐角,朝停着塔迪斯的地下室走去。

令人震惊的是,他们在同一时刻都看到了其他的鲨鱼人。

地下室门口有一对,马路对面又有一对,再往前,面朝正门的方向还有一对。他们左右摆动脑袋,寻找着猎物。

"但是……"罗瑞说着看向博士,"是时间旅行吗?"

博士严肃地点点头,"恐怕就是这样。"

与此同时,三对鲨鱼人一齐扭过头来盯着他们。博士一行跑了起来。

9

罗瑞拿出相机,但也知道可能没什么希望。有这么多鲨鱼人,在被任何一对抓住之前,他只能制作一个时间泡。

艾米开始往后退。情况还不算太严重,如果她跑走,就能给罗瑞留出更多的时间对抗鲨鱼人,但她并不打算逃跑。她从包里掏出一把扳手(为什么她会在包里放扳手?),朝离得最近的辛明顿先生使劲扔去(或者那是布伦金索普先生?)。鲨鱼人叫出声来,额头中央被划了一道伤口。他发出愤怒的吼叫,但丝毫没有放慢脚步。六个鲨鱼人都吼得更大声了,朝他们步步逼近。

就在那一刹那,罗瑞发现所有鲨鱼人的额头中央都有一道红色的伤口。这说不通啊,这……

接着,伴随着一道明亮的闪光,一声巨响突然传来,就像烟花在街上炸开一样,还传出老妇人的叫喊声。鲨鱼人都转身去看发生了什么。一位老妇人站在不远处,正抬起左手朝鲨鱼人挥舞。他们刚到这里时见过那位老妇人,她是个提着臭烘烘的旧帆布包的流浪汉。

101

罗瑞看到她的手腕上戴着一块和艾米一样的手表。只是那块手表正在嘶嘶作响,像烟花棒一样喷出断断续续的火花。所有的辛明顿先生和布伦金索普先生都转向老妇人,就像鲨鱼嗅到了水中的血腥味儿一样。

"到这里来!"她喊道,"到这里来!来吧,你们这些丑陋恶心的家伙,这里有你们想要的东西!"她的手表在头顶上方挥舞。

鲨鱼人不再追逐艾米,而是像整齐划一的军队一样同时转身,向老妇人奔去。

"就是现在!"博士用胳膊肘捅了捅罗瑞的肋骨。罗瑞用相机瞄准他们,在取景器里找到每一对鲨鱼人,不断按下快门。三对鲨鱼人全被冻结在时间泡中。

博士一行跑向那位老妇人,她叫什么来着?娜迪亚·蒙高莫利?她给博士的名片上写的是"传播与营销部主管",当时看起来就像某个诡异的笑话。可自从他们来到这里并见识了这些事情后,那个笑话现在看来似乎是真的。

"你刚才真是太了不起了!"罗瑞说。

娜迪亚揉搓着她的手腕。刚才她看上去还那么精力充沛,像个年轻人一样对着怪物大喊大叫,但现在看上去却很苍老。她手腕上被手表摩擦的地方又红又肿。

艾米看了看自己的手腕,问:"你的手表怎么了?"

娜迪亚揉了揉手腕上疼痛的伤口。她的手表喷出火花，发出嘶嘶声，一阵余烬把她胳膊上的皮肤也烫红了。她露出痛苦的表情。

"很疼。"她说着向艾米伸出胳膊，"我的手表坏了。"

博士从口袋里掏出黑色小装置，绕着娜迪亚的手表检查了一遍，点了点头。

"你说得对，娜迪亚，手表的确坏了，你的手一定很疼。你看，"他指着手表侧面一块裂开的组件，火花就是从那个小洞里喷出来的，"他们在做这块手表的时候出了点问题。看到表盘了吗？"艾米看不清娜迪亚手表上的表盘，它一会儿非常清晰，一会儿又变得模糊，这种感觉就像透过相机镜头盯着它，而有人一直在调节焦距。

"这就是为什么在你主动大喊之前，鲨鱼人看不见你的原因，对吗？他们只会搜寻手表，而你的手表一直在随时改变位置。"

娜迪亚点点头，她现在看上去比五分钟前更加苍老。

"鲨鱼……"她说，"除非我的血流进水里，否则鲨鱼闻不到我。"

"手表从你身上拿走时间，又随机把时间还给你。"

娜迪亚难过地点点头。

"呃，博士，"罗瑞说，"我认为，嗯……"

他指向其中一个装有鲨鱼人的泡泡，它显然比其他泡泡更靠前。当里面的时间只剩几分钟的时候,时间泡就会开始坍塌。鲨鱼人咬牙切齿地咆哮着,移动得更快了。

"对,"博士说,"没错,当然,我们得继续前进了。嗯,我想还是回塔迪斯吧,或者……娜迪亚,你能帮我一个忙吗?"

娜迪亚看着博士的眼睛。她又充满了活力,不像上了年纪,目光明亮而坚定。

"你能治好我吗?你能让它停下来,把我的时间还给我吗?"

博士瘪了瘪嘴巴,这显然是一件很难开口的事情。

"是的。"最后他说,"是的,我能做到。"

"太好了。"她说,"我能为你做些什么?"

娜迪亚不喜欢离开她在银行外面的小窝。当感觉良好的时候,她觉得也许只有在这里才能弄清自己遭遇了什么;当感觉衰老的时候,她则完全不想动。她再也没有踏入过银行,因为就是在那里她才戴上了这块手表,从而引出这么多麻烦,那里也是辛明顿先生和布伦金索普先生出没的地方。

不过,她还是绷紧肌肉,挺直疼痛的后背,慢慢地、悄悄地潜进了地下室。她尽可能快地行进,只要有人经过,她就尽量躲开视线。没人会注意外面来的流浪老妇人,但如果她走进银行大厅,他们肯定会注意到。她来到博士嘱咐有待检查的房间门外,悄悄地开了门。

尘土飞扬的小房间里有上百对鲨鱼人，他们互相重叠在一起，把所有的空间都挤得满满当当，同一时间只能看到五对、六对，或者七对鲨鱼人。娜迪亚的手表出了故障，因此她可以看到他们，但他们看不到她。鲨鱼人全都转向一边，不停地摆动脑袋，盯着角落里那个蓝色的警亭。

"那先这样吧。"博士说，"鉴于娜迪亚提到的情况，我们不能进银行。对艾米来说太危险，到处都太危险了，尤其是如果他们知道塔迪斯可以用来穿越时空的话。"

"但你能不能……"罗瑞不安地回头看了看，他们三人正穿过圣保罗大教堂前面的主祷文广场[1]。在他们周围，身穿昂贵西装的男男女女享用着价格不菲的午餐，品尝着价格昂贵的白葡萄酒，从脸上的表情来看，他们根本不知道有什么极其危险的事情正在发生。罗瑞忍不住担心，随时会有一支鲨鱼人大军顺着大教堂的台阶向他们冲过来。在时间泡开始坍塌之前，他们才刚刚逃脱。"你能不能……我是说……跑回去打开塔迪斯，接走艾米，然后离开？"

博士现在走得更快了，他的长腿向北迈着大步，从外观完全

---

1. 毗邻圣保罗大教堂，位于伦敦金融城核心区。

一样的灰色石面办公大楼旁经过。罗瑞朝窗户里瞥了一眼,他发誓自己看到了一个辛明顿先生,或者也可能是布伦金索普先生。他肯定是在胡思乱想。

"不能,罗瑞!"博士喊道,"你真的需要把时间旅行的基本原理记在脑子里。如果我们企图跑进塔迪斯,那他们只需要回到几分钟前,就能做好准备对付我们。真的不应该那样做,当然,天知道那会对这颗星球的时间上层结构造成什么影响?但是……等一下,对了,当然可以!"

"怎么了,博士?"艾米正大步走在博士身边。罗瑞不明白为什么自己总是跟不上他俩,他们的身高明明都差不多。他加快了步伐。

博士突然停了下来,罗瑞一头撞到他身上。

"对不起,对不起。"罗瑞说,但博士并没有在意。

博士用手掌拍了拍自己的额头,"当然可以。"他重复道,又突然转身,"时间旅行!"

艾米和罗瑞困惑地对视了一眼,然后看向博士。

"当扳手砸向其中一个鲨鱼人时,你们看到发生了什么吗?不,当然没有——你们太害怕了,当时正在逃命。那只是一瞬间发生的事。"

"我看见了。"罗瑞说,"他们的额头突然全都受了伤。"

"是的!太棒了!为什么我总是低估你,罗瑞,你太聪明了!

好了,告诉我为什么会这样?"

"我,嗯……"

"好吧,我明白了,你还没有完全理解,为什么要理解呢?这是因为……"博士奋力张开双臂,仿佛准备揭晓魔术谜底似的,"他们全都是同一个人!"

艾米和罗瑞又对视了一眼。罗瑞想知道艾米是否理解了博士的话,他不想承认自己没有听懂,尤其是如果艾米已经懂了。

"你在说什么,博士?"艾米问。

"他们是同一种生物!"博士说,"在时间中折叠回自身之上。你们还记得他们是怎样整齐划一地转过头来看着我们吗?当其中一个鲨鱼人看到了,余下所有人——也就是位于时间轴后面的所有人——便记得自己看到了。这就是为什么他们能同时看见我们的原因!"

"这是不是意味着,"罗瑞说,"如果他们中的一个发现了我们,情况就会非常非常糟糕?"

"是的,罗瑞。"博士说,"绝对糟糕!"他激动地厉声说,"如果他们中的一个发现了我们,那在时间流中稍后出现的所有人就会立刻知道我们在哪里,因为他们留存了这份记忆。很聪明,对不对?"

罗瑞指了指左边的一条小巷,他知道自己刚才看到的是真的。鲨鱼人漫不经心地走着,脑袋歪向一边,露出少许尖牙。

107

"快跑!"博士喊道。

他们在伦敦的街道间穿行,沿着高楼林立的新门街(罗瑞确信他看到鲨鱼人出现在每一个窗口)奔跑,穿过霍尔本高架桥,然后再折回来,沿着史密斯菲尔德街跑去,再绕过布市巷的中世纪建筑和旭日路。

"这座城市太神奇了,不是吗?"博士喊道。

罗瑞回头看了一眼。布伦金索普先生没有追上他们,但也没有拉开多少距离。

博士丝毫没有喘不上气。罗瑞猜测,这就是拥有两颗心脏的好处。

"所有这些建筑,"他继续说,"隶属不同的历史时期。你们知道伦敦的这片地区人们一直居住了两千多年吗?不,我猜你们不知道,因为你俩都没学过历史,该由我来教教你们了。看到那边了吗?"他指向一栋看上去相当现代的建筑,上面镶着铅框的玻璃窗,底部是米色的石膏拱门,"那是伦敦最古老的房子,奠基的时候我就在场。那个叫汤姆什么的是个好人,可惜后来和阿利卡哥利亚人发生了点事儿。好吧,至少房子还在那儿。"

"这一切听起来很有趣,博士。"艾米喘着气说,"但也许可以等我们没被吃掉的时候再讲?"

博士正领着他们绕大圈子,经过了更多的办公楼和三明治店,然后在巴比肯地铁站突然向右转。

"哦！我得带你们看看这里。"博士顺着另一条街道跑到一个被树木挡住路的小公园，"邮差公园[1]，你们以前来过这里吗？这是个神奇的地方！所有这些纪念碑，"他指着遮阳篷下面的一排陶瓷碑说，"都是用来纪念那些为了帮助他人而牺牲自己的普通人的。"

他突然在纪念碑前停了下来。

"了不起。"他说，"你们只有这么短的生命，却用它来帮助别人。"

"是的，这些历史很有趣。"罗瑞说，"但是博士，鲨鱼人来了！"

三个辛明顿先生和一个布伦金索普先生转过拐角，露出牙齿，转动着眼珠。

"哦……是的。"博士说，"好吧，我们现在所处的地方并没有多少人……"

他抓住艾米的手腕，用音速起子对准手表。

"呃，你在干什么，博士？"艾米问。

"废除保修单。"

他接连按下艾米手表上的三个按钮，又按住了音速起子，只见手表喷出一阵火花。罗瑞看着火花向上飞入空中，转了个弯，

---

[1] 伦敦市中心的一个公共花园，位于圣保罗大教堂以北，于1880年正式对外开放。

朝着银行的方向飞去。鲨鱼人突然停了下来，迷惑不解地环顾四周，然后，仿佛是在回应身后传来的召唤一般，他们全都转过身，果断地朝相反的方向跑去，离开了博士、罗瑞和艾米。

"我们现在安全了吗，博士？"艾米问。

博士瞪大眼睛，"不，一点也不安全。直到最后一个，或者说第一个鲨鱼人离开你的世界，我们才会安全。但如果你的意思是'他们会在二十分钟内杀死我们吗？'，那么是的，我们安全了。"

"那么，嗯……"艾米盯着她的手表说，表盘上还附着了一些残余的火花，"你做了什么？"

"我按照让娜迪亚的手表失控的办法，控制住了你的手表，明白吗？"

"不明白。"

"不明白也正常，这是非常复杂的时间物理学，我有没有说过我是天才？我尽量解释得简单点。你的一部分时间现在回到了银行，所以鲨鱼人会认为你在银行，至少一段时间内是这样。现在明白了吧？"

"没有。"

"我们暂时安全了，"博士非常缓慢地说，"但我们必须找出在时间循环中第一个出现的鲨鱼人，可能要借助某种回归时间分析，从而在源头阻止时间捕捉手表的扩散，我们还需要找到他们储存时间的设备并使其失效。时间存储业务非常棘手,如果其中一个参数出错,那你的储藏库一夜之间就会增长一千万年。明白吗?"

"你的意思是,"艾米说,"我们必须摆脱这些鲨鱼人,还要把每个人的时间夺回来?"

"没错。"博士微微噘起嘴唇。

"这件事,"艾米说,"我一定支持。"

10

"首先,"博士说,"我们需要一位银行里的朋友。"

"娜迪亚怎么样?"艾米说,"她可以随时进出,四处打探,帮我们找出事情的真相。"

博士摇了摇头,"她的时间太不稳定了,在三十秒内就年轻了二十岁。况且,她正在那里为我完成一件重要的事情。"

罗瑞和艾米交换了一下眼神。

"你没有告诉我们娜迪亚在做什么重要的事情?"

"她在看管塔迪斯,重要无比。不管怎样,我们需要一个不会引起鲨鱼人和银行员工怀疑的人,让他查看文件,弄清发生了什么事,找出是谁第一个把那些手表带进银行的。"

"不如让——"罗瑞开口了。

"等一下,罗瑞,我正在考虑。我们需要一个已经深陷其中的人,他借用的时间可能比自己意识到的还要多……"

"可我正想说——"罗瑞说。

"等一下,罗瑞,我得想清楚。我们需要一个值得信任、普普通通的家伙,一个在工作中遇到难题的上班族,而且——"

"安德鲁·布朗!"罗瑞喊道。

"冷静点,罗瑞,没必要大喊大叫。"

"安德鲁·布朗。"罗瑞重复了一遍,语气平静了一些,"他借了很多时间,曾经同时出现在银行的三个不同的地方。他可能已经负债累累了,而且……"

"那你为什么不早说呢?来吧,我们去找他,最好去他家。我们暂时不要回到银行。"

"可我们怎么知道他住哪儿呢,博士?"艾米问。她挠了挠手腕,表带开始刺激她的皮肤,就像娜迪亚那样。

"我们可以问查询台。"博士说。

娜迪亚拖着包沿储藏室的过道前行,想找个安静的地方等待。塔迪斯停在过道尽头的一间废弃的储藏室里,鲨鱼人都被它迷住了,但他们的爪牙打不开它。不过,她需要确保他们不会尝试任何更加极端的方法。博士告诉她,塔迪斯的敌意行为置换系统会阻止他们进入,但这也意味着整个盒子可能会移动到其他地方,而他不希望为此出动去寻找。"过程很无聊,"他说,"更别提令人难以置信的尴尬场面了,就像在停车场丢了车一样。前提是,如果我记得设置系统的话。"

所以,她有了一项监视任务,她能做到的。娜迪亚把包拖进一间储藏室，房门意外地被一辆翻倒的收发室手推车撑开了。她用一些文件把门稍稍支开，然后在黑暗中坐着。每隔一小时，她就冒险出去看看塔迪斯是否有事。除此之外，她只是等待。

博士正在努力回忆电话号码，"是112358e963i，还是跟圆周率有关呢？"

"如果你要找查询台，博士，"艾米说，"那就有很多电话号码，都是以118开头的。"

"我不是那个意思，根本不是。"博士没好气地说，"有一个全新的星系查询台刚刚推出，还在试运行阶段，试一下应该很有意思，把你的手机给我。"

艾米带着疑惑的表情把手机递给他。他拨了大约二十五个号码，然后对着听筒发出一连串尖锐的尖叫。艾米扬起了一边眉毛。

"接通了！我把免提打开！这难道不是很有趣吗？"

"这里是星系查询台，"一个带着低沉嗡嗡声的女人说，"请问您想查询什么名字？"

"叫什么来着，罗瑞？"博士说。

"嗯，安德鲁·布朗，伦敦人。"罗瑞说。

"正在为您查询。"

"不过，伦敦有很多人都叫安德鲁·布朗，不是吗？"罗瑞说。

"别担心。"博士低声说，"他们有一个处理此类情况的系统！反正他们是这样宣称的。"

"我找到了两千三百六十一个住在大伦敦地区的安德鲁·布朗，"那个声音平稳地说，"包括几个有着相似名字的物种和组织，例如'啊嗯嘟啵嗯软体勇士家族'目前住在泰晤士河底下，而'终结、悔恨、燃烧末日教'打算在从现在算起的二百七十一天后摧毁这个城市。"

"我就说她不能——等等，什么？摧毁这个城市吗？"

"我们待会儿再来处理，罗瑞。或者，嗯，实际上我之前已经处理过了，或者说是以后。我之前已经并且以后会处理过了——为什么人类语言里没有针对这种情况的时态呢？如果我们说的是古迦里弗莱高地语，在我开始说话之前你就已经明白我的意思了。请问，"他对电话里那个女人说，"查到我们要找的安德鲁·布朗的最佳办法是什么？"

"我会问您几个简短的问题，"她说，"以便查到您的当事人。您的当事人是人类吗？"

博士转向罗瑞，"他是人类吗？"

罗瑞扬起了眉毛。

"是的，人类，他是人类。"

"男性还是女性？"

博士看着罗瑞，罗瑞则看了回去。

"男性。"博士说。

"嗯……"女人停顿了一下,"他有着棕色头发、棕色眼睛,而且鼻梁还有点隆起?"

"嗯,"罗瑞说,"不完全隆起,但他的鼻子挺……"

"鼻子挺长的?"

"是的!"罗瑞说。

"他有一种隐隐不安的气场吗?就好像……"

"好像他总是迟到似的!是的!"罗瑞喊道。

"我已经为您把范围缩小到十五个人。您知道他是斯诺克迷吗?"

"不知道。"

"他妈妈叫玛格丽特吗?"

"我怎么会知道这些事情呢?"罗瑞说,"我知道他在莱克星顿国际银行工作,如果这有用的话。"

"对不起,我们不掌握这类信息。"

罗瑞翻了个白眼。

博士低声说:"我确实听说该系统还处于早期试验阶段……"

"现在有一个希望不大的尝试,"电话里的女人说,"他今天系的领带上有污渍吗?"

"是的!"罗瑞说,"有污渍,那是——"

"蛋黄酱吗?"

"蛋液!"

"很好，"那个带着嗡嗡声的女人说，"我找到您要找的人了，现在向您显示他的地址。"

手机屏幕上闪现出一条信息，然后电话就挂断了。

"她甚至没祝我们今天过得愉快！"博士说。

"我们怎么知道他一定会在家呢，博士？"艾米说，"毕竟，今天是工作日。"

他们走在伦敦北部郊区的大街上，寻找着安德鲁·布朗的公寓。现在是傍晚时分，艾米漫不经心地想，像这样的时刻她经历了多少次？她觉得自己好几次看到太阳渐渐落在地平线上，粉色条纹状的云围绕在周围。

"是啊。"罗瑞说，"即使为了在工作中出人头地而经常使用手表，他也只会在办公室里使用。"

"没错。"艾米说，"没有人会蠢到拿它来消遣，是吧？"

罗瑞并不知道艾米拿手表做了什么，一路上也没有机会问她。博士会把问题解决，然后一切都会好起来，他也没必要知道了。

他们绕过拐角，艾米的声音越来越小。

"是的。"罗瑞说，"我想他住在这里。"

他们都不需要去猜哪一栋是安德鲁·布朗的公寓，因为他无处不在，无时不在。有一个安德鲁·布朗站在梯子上，正在给窗框刷油漆；另一个安德鲁·布朗正在修剪树篱；有一个在倒垃圾，另一个则在洗车。在公寓一楼,他们可以看到一个安德鲁·布朗正在打电话,一个在厨房做饭,一个在电脑前工作,还有一个在打游戏。当一个安德鲁·布朗正走向前门时,另一个正急急忙忙地从里面走出来。他们都在忙着做自己的事情,显然完全没有意识到其他本体的存在,而且从来没有碰到过彼此,就好像在跳一支精心编排的芭蕾舞。

"他的邻居们怎么会注意不到呢?"艾米嘀咕着。公寓内外满是安德鲁·布朗的情形真的很可怕,仿佛他不再是一个人类,而更像是一种虫害。艾米想起父母在利德沃斯的房子,她讨厌自己把父母的房子弄成了那样:一个她正在做这件事,同时另一个她在那里。

"哦,你知道的,英国人很有礼貌。不要惹恼邻居,不要抱怨他们制造的噪音,如果他们明显在时间中穿梭也尽量不去注意。沉住气,庞德!你好?"

许多安德鲁·布朗同时转过头。艾米想知道他现在是否记起,在过去几天里,自己在不同的地方都看到过博士,这一定很无聊,不是吗?当一遍又一遍地过着同一天时,她本来感觉相当有趣,但现在她开始思考这个问题……难道安德鲁·布朗不想看看新的一天会发生什么吗?

正在洗车的安德鲁·布朗眯着眼睛看着他们,然后脸上露出了笑容,"等一下,我在银行见过你们,对吧?你是施密特博士吗?来自苏黎世的专家?我能为你做些什么吗?"

其他的安德鲁·布朗们回到了自己的事情中。

"真聪明!"博士说,"你一定是最早的那个,对吗?这样其他本体就会记得你跟我说过话,那么他们就不必理我了。"

"不好意思,我不太明白你的话。"安德鲁说。

"啊,是的,"博士说,"时间旅行是件棘手的事,尤其是如果你的生理构造并不适合这样做。我估计他们在你手腕上的设备里装了一些小装置,这样你就不用担心自己的身体了。我曾经在塔迪斯的心灵回路中尝试过类似的事情——不断撞见我自己——陷入了可怕的混乱,好几周都没有人能看见我的倒影,把特兰西瓦尼亚[1]的人们着实吓了一跳。让我来看一下。"

他朝安德鲁的手腕扑了过去。博士耷拉的双手、滑稽的动作和毫无意义的谈话让安德鲁觉得并不害怕,反而有趣,便任由他检查。他把安德鲁的手表举到耳边,然后用拇指和食指握住手腕。

"你借了多少,安德鲁?"

"什么?"

"我们没时间解释了,安德鲁,至少你肯定没有那么多时间。你向辛明顿先生和布伦金索普先生借了多少时间?"

"我,呃,我不知道你在说什么。"

---

1. 罗马尼亚中西部地区。

"我认为你知道,安德鲁,你真的知道。你借了多少时间?这很重要,真的,非常重要。"

安德鲁用一只手梳理头发。他看了看博士,又看了看艾米,她笑得很迷人。安德鲁也笑了,深吸一口气说:"几天时间?不超过一周。我想偿还来着,只是……"

"只是偿还的感觉很糟糕,还是借的感觉好,我完全理解。我想,你借的时间比你想象的要多,安德鲁。"

"嗯,我,呃,我不知道,也许借了十天?或者几周?"

"我想远不止这些,安德鲁。"

博士从口袋里抽出音速起子,在手表上来回扫了几次,"我的右手空空如也,我的左手空空如也……好吧,左手有一把音速起子,然后……快快显形!"

一块发光的界面悬在手表上空,和博士在会议室用艾米的手表调试出来的那个一样。

"哇!"罗瑞说。

"天哪,"艾米说,"这是……"

界面上显示:**自上次偿还以来借用时间总计九天零一小时;偿还时间总计五万五千年。**

安德鲁·布朗一屁股坐在车道上。公寓周围的所有安德鲁·布朗全都不见了,窗框又恢复了原样,厨房里的油烟味儿也消失了。

"啊我看得出来,你决定不再借任何时间了,这种做法很明

121

智,毕竟你欠他们的时间比五百个人的生命加起来还多。等等,"博士把头歪向一边,"你欠的时间比你所能偿还的多得多……"

"我想这很明显了,博士。"艾米蹲下来,把手搭在安德鲁的肩上,"一切都会好起来,"她安慰他,"博士会解决的。"

"不,不过,"博士强调说,"他们借给他的时间远远超出他所能偿还的时间,这是……"

"这是犯罪,博士。"艾米说,她的眼睛突然噙满泪水。

"很有趣,"博士说,"非常有趣,这几乎表明——"

"可是我不明白,"安德鲁打断道,"他们肯定有某种预警系统吧?他们会提醒我……"他的脸上露出愤怒的表情,"听着,我怎么知道你说的是真话?我不知道你对我的手表做了什么,这一切可能都是谎言!我只借了几天时间!"

"如果你不相信我的话,"博士冷淡地说,"那就把时间还了。你完全还不上欠下的时间,这真是——"

"不要!"艾米喊道,把安德鲁的脸转向自己,"我知道这听起来很糟糕,也很疯狂。"她说,"但你可以相信博士,只要不在他……"她抬头看了一眼博士,后者正轻声念叨着数字,显然在做心算,"不在他心烦意乱的时候,好吗?你可以相信他,我们会想办法的。"

"我不明白自己为什么要相信这些话。"安德鲁又重复了一遍,"听起来像是编造的谎言。"

"否认行为。"博士说,"非常常见。我的老朋友弗洛伊德[1]过去总是跟我说:'四这样,博士。当面对难以置信的消息时,人类的大脑四会休克的!'"

艾米抓住安德鲁·布朗的手,"你得相信我们。"她说,"我们说的是真话。"

安德鲁颤巍巍地站了起来,"如果你们说的是真话,"他说,"那么我拨动手表来偿还我所欠时间的百分之一的百分之一,也就是……多少……五年?"

"五年半。"博士说。

"那好吧。"安德鲁说。他打开手表上的菜单栏,按下一个按钮。

"确保你把小数点放在正确的位置。"博士说。

安德鲁略微拨动手表,按下了另一个按钮。

伴随着一声呻吟,他跪倒在地,头上出现了一缕白发,额头的皱纹也加深了。他从汽车的后视镜里看着自己。

罗瑞和艾米看着他,不敢说话。此刻,连博士也关注起来。

"我的上帝!"安德鲁用沙哑的声音说,"我……你们是对的,但是……每个人都在使用手表。"他惊恐地抬起头,"我们

---

1. 西格蒙德·弗洛伊德,奥地利心理学家、精神分析学家、哲学家,精神分析学的创始人,20世纪最有影响力的思想家之一。后文中,博士转述的那句话带有德国口音。

怎么才能阻止这一切？"

"这就是你的用武之地了，安德鲁。"博士说着，用一只手扶他站起来，"别担心。还有，不必叫我上帝。"

11

"我只想说,有很多信息得慢慢消化。"安德鲁·布朗坐在客厅的扶手椅上,双手抱着头。艾米同情地点点头。

"所以是有……外星人吗?"安德鲁问。

"是什么东西给了你——"罗瑞开口道,"对不起,我的意思是,你觉得是什么人给了你手表,从而让你能够进行时间旅行?"

安德鲁耸耸肩,"我以为是……政府项目?或者军方技术?也许是俄罗斯的科技?他们可能使用了大型强子对撞机。"

"那你得有一个非常大型的对撞机才能寻找那些粒子,让其实现手表的功能。"博士讽刺地说。

安德鲁抬头看着围在自己身边的三个人,"你们都是……外星人吗?"

罗瑞使劲摇头,"不,不,我绝对不是,我们中间只有一个外星人,你看——"

安德鲁指着艾米,"原来你是外星人!"

"我知道她有时看起来有点奇怪，"博士说，被艾米狠狠地瞪了一眼，"但她不是。听着，谁是外星人、谁不是外星人、谁有两颗心脏、谁不希望自己被当局发现……这些都不重要。"博士半跪在安德鲁面前，"重要的是，我们需要你的帮助。辛明顿先生和布伦金索普先生——"

"是外星人。"安德鲁说。

"是的，他们是另一类外星人，一直在偷偷转移人类的时间。在没有塔……没有适当设备的情况下，我已经做了所有能做的检查。我认为他们不会离开地球，这说得通，因为时间是非常不稳定的物质，很难进行运输，所以他们一定把时间储存在地球上的某个地方。可能离得很近，我们认为，可能就在银行的什么地方！"

"所以，我们认为你能帮助我们。"艾米扇动鼻翼，用一种介于诱惑和审问之间的眼神看了安德鲁一眼。

"我们需要你在银行里四处找找。"博士继续说，"存储系统应该很大，可能位于中心区域，而且……"

"不。"安德鲁说。

"不？"博士说，"我想你还不太明白事情的严重性。这不是什么全球性的银行业危机，这次也不会有任何紧急财政援助。"

"我的意思是，它不在银行。"安德鲁说，"我想，我知道它在哪儿。"

鲨鱼人正在莱克星顿国际银行的地下室里忙活。他们借助一些娜迪亚从未见过的古怪装置，用惯常的手法撬着塔迪斯的门，然后嘀咕着"跟头儿报告"之类的话。

在鲨鱼人中间行走而不被发现的感觉真奇怪，早在一个月前，娜迪亚就意识到他们有时看不到自己。有一次，一个辛明顿先生被她绊了一跤，擦伤了额头——在接下来的几天，她看到其他几个鲨鱼人的额头也有了类似的伤口——但他环顾四周，却看不到自己摔倒在什么东西上面。这种效果只持续了几秒钟，她就被发现了。辛明顿先生对她大声咆哮，又接着往前走。不过最近，这种效果持续的时间变得越来越长了。

这样的感觉很新奇——她寻找他们，观察他们，尝试了解他们。奇怪的是，鲨鱼人不怎么说话，而当他们开口的时候，说出的话几乎可以互换。除了接上对方的下半句话，他们有时还会在产生新想法后只说几个字，或者如心灵感应般只把话说一半。

"我们应该。"一个鲨鱼人说。

"是的，或许。"另一个说。

"把它拿来，然后，"第三个说，"我们就……"

"能撬开这台机器。"第四个把话说完。

娜迪亚在他们中间默默地倾听着、等待着。

安德鲁翻阅着另一个文件夹。在他周围堆满了九个或者十个这样的大文件夹，里面用金属拉杆夹着打印出来的文件。

"你看，我一直在明智地使用所有额外的时间。"安德鲁说。

"是啊，"罗瑞说，"欠了整整五万五千年，这可真是个明智的选择。你这辈子除了工作就不想干点别的吗，哥们儿？"

安德鲁看着罗瑞。他曾经有过梦想——对此他深信不疑——它并不是结束一天工作后的消遣，而是兴趣、爱好和热衷的事情。他渴望观看乐队表演，渴望创作音乐。阁楼里有把吉他，安德鲁一直以为……好吧，他也算不上什么音乐家，但他喜欢教别人演奏乐曲，而且……那都是很久以前的事了。

他耸了耸肩，"我不知道。"

艾米试着对文件表现出兴趣，"我相信在当时似乎是个好主意，对吗，安德鲁？"

"我其实不应该做这些工作，但我看了一下收支报告。要知道，我本来打算向银行提议我们可以在哪些方面收紧预算。"

"哦，是啊，这真是对五万五千年很好的利用。"罗瑞说。

"啊！找到了！"

安德鲁得意地从文件夹里撕下一张纸。这是一家名为"小绿仓"的公司开的发票，价值454,909英镑。

"每个月都会开一张。"安德鲁说，"银行会付款给这个由不存在的部门运营的匿名账户。我本来打算调查此事,等我有了更多的……"

"是的,"博士说,"我想你目前已经有相当充足的时间了,安德鲁。这是非常好的消息,看起来很可能是我们要找的地方。"

艾米从安德鲁手里拿过那张纸看了看,"可那个地址不可能是对的,博士。"

"为什么?"

"因为,"艾米说,"千禧穹顶[1]里没有自存储物仓库。"

"快说说你知道什么!"

现在已经是晚上了,他们乘坐出租车跨过泰晤士河前往千禧穹顶。艾米觉得自己一定只经历过一次这个夜晚,也许两次,她记不清了。他们走过通往穹顶的主入口,沿着河边的小路转出去,经过闪烁的灯光和巨大的遮阳篷,篷上的广告宣传着下一批即将在会场举办演出的大牌艺术家。这里很安静,金融城摩天大楼的灯光因距离遥远和模糊不清而显得十分美丽。每一间灯火通明的办公室就像是巨大墙壁上的一块发光的砖块。艾米想知道,来自其他星球的人会怎么看待这样的景色,就连她自己也觉得很陌生。

"那是什么,博士?"

---

[1]. 位于伦敦格林尼治区的多功能活动场地,为庆祝第三个千禧年而建造,于2000年开幕,由英国建筑师理查德·罗杰斯设计。

博士得意地指着一扇小门,门半掩在穹顶的众多桅杆和帆面之后。"千禧穹顶里没有自存储物仓库!你怎么知道没有?"他说。

这扇门非常小,甚至没有安德鲁·布朗高,而他是他们之中最矮的。它看起来就像一块纸板,上面胡乱涂了层卡其绿色的油漆。门上没有把手,只有一把看上去很廉价的铜锁。门边有个门铃,门铃上方贴着一张硬纸板,上面用黑色圆珠笔写着"小绿仓"几个字。

"我觉得不是这儿,博士。"罗瑞说。

"这儿看起来可不像每月要收近五十万英镑的存储中心。"安德鲁说。

博士看着他俩,翻了个白眼,然后按响门铃。

他们等待着。

在泰晤士河上,几艘客轮徐徐驶过,河水轻轻地哗哗作响。在后面停车场的某个地方,一辆汽车按响了喇叭。

罗瑞、艾米和安德鲁面面相觑。

博士看着他们,"好吧,我,呃……"

门突然开了一条小缝,屋里一片漆黑,除了门框什么也看不见。

"谁呀?"一个低沉的声音说,就像是旧铰链发出的嘎吱声。

"啊,你好。"博士说着拿出他的通灵纸片,"我是博士,他们是我的朋友罗瑞、艾米和安德鲁,我想知道我是否可以……"

"啊,是的。" 低沉沙哑的声音平静地说,"博士,再次见到你真是太好了。看得出来,你换了一具身体,真会紧跟时尚潮流,这一身非常适合你。"

"我,嗯,没错!"博士说。

"快请进,我猜你想看看你的储藏库。里面的东西很安全,我向你保证。"

门开得更大了,里面的空间依旧一片漆黑。

"博士?"艾米用警告的语气说。

"绝对安全。"博士说着低头穿过小门,"可能吧。"

安德鲁看了看手腕上的手表,耸耸肩跟了上去。罗瑞和艾米则互相看着对方。

"你先请。"艾米说。

罗瑞瞪着她。

"我相信里面没什么可害怕的东西。"艾米说。

"那你为什么不先进去……算了。反正,我不认为他们能在里面放什么东西,只可能在后台摆了些储物柜,不过……"罗瑞走进门去。

艾米听到他发出一声惊叹,声音非常微弱,好像是从很远的地方传来的一样。

她弯下腰走进去,来到了另一个世界。

在莱克星顿国际银行，一个辛明顿先生把某种东西带进停放着塔迪斯的储藏室。那是一个闪着微光的东西，半掩在他的手掌中。娜迪亚不太明白那是什么，直到看见他以令人惊讶的轻柔动作把它装在塔迪斯的门上。

它看起来像是一个小型的玻璃半球体——大约有手表的表盘那么大，但中间鼓了出来。它的中心微微闪烁，就像一颗跳动的心脏，而闪烁的速度也在不断加快，越来越快。

"我非常怀疑哪扇门能经受住这样的爆炸。"一个辛明顿先生说。

"那么多时间都聚集在一处。"一个布伦金索普先生轻声笑着说。

娜迪亚终于知道玻璃半球体是什么了——一枚时间炸弹。

艾米回过神来，不再感觉头晕脑涨。她试着把眼睛微微睁开一条缝，发现眼前虽不是整个世界，但也非常宽阔。

她站在塔架上，双手紧紧抓着面前冰冷的金属栏杆。塔架通向入口那扇小门，但那扇门看上去好像距离半英里远，她不明白自己怎么能一步就从那里跨到了这里。更重要的是——这在她的脑中挥之不去——塔架由金属格栅组成，透过格栅向下看，她所处的位置与地底的垂直距离大约有两百层楼高。

艾米紧紧抓住栏杆，仿佛那是她唯一的支撑。她试着深呼吸，感觉双腿还在打战。她不明白自己为什么会这样，通常来说她并不恐高。

一个低沉沙哑的声音从她身后传来："啊，是的，空间的变化确实会让一些人类产生这种反应。博士，你应该提前告诉我，你的同伴……嗯……很脆弱。"

"我——不——脆——弱！"艾米咬牙切齿地嘟囔道，"我只是不想往下看，仅此而已。"

她感觉罗瑞温暖的手掌正握着自己冰冷发白的指关节。

"你能做到。"他低声说。

艾米发现，这件事令她最为生气。她把一只手从罗瑞的手里抽出来，咬紧牙关，确保另一只手抓牢栏杆，然后强迫自己睁大眼睛，好好环顾四周。

"哇！"她说。

她的头还是晕晕乎乎的，双腿仍然比平时更不听使唤，她也依旧认为自己可能随时摔到地上，但如果专注于手中非常稳固的栏杆，她还是可以看看眼前的景象：他们所在的塔架悬于一个陷入地底的圆形巨碗的中央。巨碗的形状和千禧穹顶一样，不过和它呈镜像对称，而且大得多的多，似乎比穹顶的容量大了一百倍。在她所能看到的碗底最深处，排列着发光的走道和编号的隔间。

"正如你所看到的那样，"从她的左耳旁传来沙哑的声音，

"我们的设备规模庞大。好吧……嗯……确实庞大,而我们相对变小了。"

艾米冒险转过头去看那个发出声音的生物。她不知道自己会看到什么,也许是某种癞蛤蟆,若从沙哑的声音判断,也许是一天要抽六十只烟的烟鬼。但出乎意料的是,她看到的是一个小小的、飘浮的人形生物。它大约有半米高,穿着黑色长袍和靴子,头戴兜帽。它的脸有点像小孩子——一双大眼睛和小而圆的鼻子——但皮肤苍白,接近淡蓝色。它完全没有性别之分,因为艾米无法分辨它是雄性还是雌性。在她见过的众多物种之中,有的只有一种性别,有的拥有三种,而有的复杂到拥有七十二种不同的性别。它还手持一根末端镶有蓝色球体的手杖,虽然不知道这个会飞的生物拿手杖有什么用。

"欢迎来到小绿仓——要知道,这个名字只是我们开的一个玩笑——你在地球度假期间,仓库里存放着你用不上的所有装备。地球是五个星系中最常受到攻击、殖民、剥削和奴役的星球!最好小心点!"

博士开口道:"那个,约马莱特 - 拉姆,我念对了吗?我不擅长记名字。"约马莱特 - 拉姆礼貌地点点头。"它刚才告诉了我们这里的设备是如何运转的,真是令人着迷。看到那里了吗?"博士说着指了指天花板,那是一张由细线交织而成的网,看上去就像一张吊在空中的巨大蹦床的底部,"那上面是千禧穹顶，通过数百万条超导细丝悬吊而成。这设计很聪明，对吗？"

"那是千禧穹顶吗？"艾米说，"可穹顶没么大。那个得有五英里宽了！或者更宽！"艾米开始感到头晕和恶心，她本以为向下看会感觉不适，但没想到向上看感觉更糟糕。

"好吧，要知道，这就是聪明的地方，也正是约马莱特-拉姆暗示的部分，对吗，约马莱特-拉姆，当时你说我们相对变小了？我们是在千禧穹顶底下，但当我们经过那扇门的时候，"他顺着塔架指向遥远尽头的小门，"我们缩小了！大约缩至多少来着？"

"缩至你正常体型的百分之七点五。"约马莱特-拉姆愉快地说，"考虑了各种行星和生物后，我们发现压缩超过该比例，会导致永久性组织损伤。"

"聪明，非常聪明。这就是为什么你会有点眩晕，艾米，你的大脑需要校准一套全新的空间参数，而它只有原来大小的百分之七点五！是不是很神奇?！"

艾米真希望博士没有把这些告诉她。她意识到，自从走进门来，她凭借直觉就已经大概知道——这就是为什么向上看比向下看感觉更糟糕的原因——有些地方很不对劲。她死死盯着栏杆和握着栏杆的双手，然后注意到一只小蟑螂在她脚边沿着塔架爬行。奇怪的是，这反而让她平静下来——仅仅是看到眼熟普通的地球老朋友，就让她觉得有一种值得依靠的安全感。

"我现在可以离开吗,博士?"

博士皱起眉头,"我认为这可能不是一个好主意。坚持一下,我们不会在这里待太久。约马莱特-拉姆,你有没有什么可以给艾米吃的止吐药,以便减轻她的不适?"

博士伸手去够约马莱特-拉姆的外套。艾米觉得这个动作有些奇怪,但不知道哪里奇怪。

约马莱特-拉姆遗憾地摇摇头,退到博士够不着的地方。"最严重的症状在几分钟后就会消失。"它说,"也许你可以带她检查一下你自己的储藏库,这位年轻的女士可能会觉得那里没那么可怕?"

博士点点头,"好主意,真是个好主意。带我们去我的储藏库吧。"

约马莱特-拉姆淡淡一笑。这不是一个欣慰的微笑,也不是一个充满热情的微笑。"博士,我想你一定还记得协议吧?"

"哦,是的,协议,我当然记得协议,我真傻,对不起。可以再提醒我一下吗?"

"我不能陪你一起去,博士,你必须在平板上输入你的专属识别号码。"约马莱特-拉姆用手杖指着焊在栏杆上的数字键盘,在它指出之前,艾米根本不确定那儿有个键盘,"剩下的工作将由系统自动完成。当然……嘿嘿嘿……前提是你拥有正确的掌纹,我相信你有的。"

"哦，没错，我现在都想起来了！我真傻——更换了身体，扰乱了记忆。要是头脑不清醒，我可什么都不记得了。"

约马莱特-拉姆笑得更加令人不安了。不可思议的是，它用手杖做完敲击的动作，就立即消失了，留下他们独自站在塔架上。

"你……认识那个外星人吗？"罗瑞说。

博士摇了摇头，"还没认识，肯定还没有，可能在将来某个时候会认识吧。嗯……如果我必须选择一个专属号码，那我只会选……"

他的手犹豫不决地在数字键盘上来回移动。艾米看到，键盘上有大约二十个不同的字符，而她只能认出其中一部分。

"我在想，我是不是给自己留下了什么东西？这正是我可能会做的事情。"他皱起眉头，"不过，当然，也可能根本不是我干的，有不少在宇宙中转悠的人会冒充我的名字。或者，我可能给自己留下了一个恶作剧，这也正是将来的我可能会做的事情……"

他若有所思地咬着上唇，一直盯着键盘。

"博士，"罗瑞终于开口了，"你看，我们是不是应该去找莱克星顿国际银行的储藏库？他们每个月支付454,909英镑的那个？"

"嗯？"博士说。

"你还记得吗,博士,这才是我们来这儿的原因?"

"什么?是的,说得对。安德鲁,你带着那张发票吗?"

安德鲁·布朗——令艾米恼火的是,他在缩小的过程中根本没有任何不适——从口袋里抽出那张纸并展开它。在发票顶部,银行名字的下面,是一长串数字和符号。

"非常好!"博士说,"好记性!好了,让我们输入号码,然后——"

"等等,博士。"罗瑞说,"我们要怎么打开储藏库?那个人说我们需要正确的掌纹?"

"完全正确,罗瑞,我们需要一个正确的掌纹。这将是一个严重的问题,如果……"博士在外套里摸来摸去,找出了一根细长的银器,当他用食指触碰它时,银器会像鱼一样轻轻扭动,"如果我没有趁约马莱特-拉姆不注意,从它口袋里偷出了万能钥匙。来吧!"

他回到键盘前,按下了号码。

12

艾米有一种飞速移动的可怕感觉,在意识到发生了什么之前,这种感觉糟糕得令人作呕。他们所在的塔架正以非常快的速度向巨碗底部坠落。她试着不叫出声,但终于没忍住。

博士抓住栏杆开心地笑着,任凭大风吹过他的头发。"没什么好担心的!"他喊道,"绝对安全!惯性补偿器控制了自由落体,看!"他指着他们身后。

艾米看到,塔架实际上并没有断裂,也没有让他们从空中下坠数英里,它仍然与巨碗的外缘相连,只是向下掠过了两百层堆叠在一起的储藏库,每一间都有一扇单独的门。当她注视时,塔架降落的速度开始放缓。平坦的巨碗底部还在冲向他们,但不再带来令人害怕的坠落感,而更像令人心安的飘浮感。塔架向一边倾斜,绕着巨碗的外缘快速移动。

突然,塔架停了下来,面朝一排储藏库。这一整排的上方标有发票上的那一长串数字和符号,下方大约有四五十扇门,每扇门上都有一块金属牌子,上面留有按手印的空位,以及用触手、伪足、叶片、爪子和各种无法辨认的附肢按下印记的位置。

"是哪一间呢?"安德鲁说。

"也许你恰巧知道哪一间是你的?"罗瑞说,"比如加了额外的保护措施?"

"没错!"博士说,"我们打开几间看看好吗?"

"我们能这样做吗,博士?"罗瑞说,"我是说,偷看别人的东西是不是有点……不道德?"

"哦,我不知道,罗瑞。我们就快速翻找一下,即便找不到拯救宇宙的东西,也会意外发现什么有用的玩意儿。别担心,我们会把所有东西放回原位。"他从口袋里掏出那把万能钥匙,朝第一扇门走去,"还是我先来吧,谁知道会不会有某种防御系统?"

他无视按手印的空位,把万能钥匙放在门边。钥匙扭动着向外流出,银色光泽的液体填充了其中一个空位。

门咔嗒一声打开了。博士小心翼翼地把门开大些,一阵雪花吹出来,落在了他的脚边。艾米又看见一只蟑螂快速爬过雪花。

"嗯……"博士说着将头探进门里。一个雪球从他头顶飞过,砸在了塔架的护栏上,马蹄声和猎号声也从里面传了出来。博士急忙关上门,把钥匙取了下来。

"绝对不是这间。"他说着,大步走向下一扇门。

"那里是不是……"罗瑞开口道。

"不是,罗瑞,那里绝对不是纳尼亚[1]。你哪儿来的这些荒谬的想法?下一间!"

娜迪亚试着把玻璃炸弹从塔迪斯的门上拆下来,但它纹丝不动。每当她靠近时,炸弹就会对她的手表造成某种奇怪的影响——她能感觉到自己又开始衰老了。

不过,肯定还有别的办法。娜迪亚看到,鲨鱼人脸上全是一副全神贯注、充满爱慕的表情,与盘算一笔巨额交易时的银行家的表情如出一辙。这个盒子里有什么东西令他们如此渴望?

"敌意行为置换系统。"一个辛明顿先生说。

"没关系。"一个布伦金索普先生说,"我们的设备迟早会反射回来,它不会逃脱。"

娜迪亚完全相信,如果让鲨鱼人得到他们渴望的任何东西,那可不是一个好主意。

缓慢的滴答声加快了,她一定能做些什么。然后,她有了主意。

这里有很多扇门。艾米很快就记不清他们已经开了多少扇,但她知道自己永远不会忘记其中几间的景象:有一间装满了肥皂泡;有一间则布满细长的黄色树根,仿佛有一棵大树长在里面似

---

1. 出自英国作家C.S.刘易斯创作的系列小说《纳尼亚传奇》,那是一个有着永恒冬季的奇幻世界。

的；而另外一间，当博士小心翼翼地打开门时，风一下子就把门吹开了。储藏库空无一物，但里面不知从哪儿刮来了大风，风力无比强劲，甚至把安德鲁吹倒在地。他们四人合力才把门再次关上。

开了几扇门之后，博士变得漫不经心，便让其他人也试一试。艾米打开的一间堆满了镜子，每一面镜子中的自己都不一样。最初的差别很细微，但随着她的观察，不同之处变得越来越明显。在一面镜子中，她看起来年长些，脸上一副睿智和善的表情，仿佛见多识广；在另一面镜子中，她伤痕累累，又脏又瘦；有一个她看起来像个超级英雄，正在与怪物搏斗——它们没有出现在镜子中，只露出一条像蜘蛛一样的奇怪长腿；还有一个她正在摆弄一部机器——艾米一眼就知道那是外星技术——还熟练地挥舞着一把发射出五束白光的音速起子。艾米朝着镜子向前迈了一步。

"最好不要看太久。"博士在她面前关上门，"享受这个维度已经足够了，不要被其他维度干扰了。想想吧，"他说，"对某些维度的人来说，利德沃斯也非常具有异国情调！"

艾米站在原地，盯着那扇门看了好一会儿，与此同时，安德鲁发现有一间屋子正在上演《我爱露西》[1]的重播节目，而罗瑞则打开了一间用黏液做的储藏库。

---

1. 20世纪60年代风靡美国的一部热播电视剧，也是美国电视史上最受欢迎的喜剧剧集。

不过，大多数储藏库里都放着外星设备：射线枪和导弹、成堆的指甲盖大小的东西——博士告诉他们那是电脑——以及传送站和紫色条纹的心灵感应帽。"一点也不酷。"博士说。

他们还发现了不少宇宙飞船。"说得通。"博士说，"在伦敦停车简直是噩梦，你看过他们开出的罚单吗？"

其中一间看起来眼熟得令人不安。屋子正中间有一个完成了一半的六面控制台，电线从里面伸出来，还有一些零部件完全缺失。控制台中央的玻璃时间柱倾向一边、难以辨认，看起来有些不太对劲。几个红铜机器人拿着烙铁和黄色激光切割机在控制台边工作，其中几人在查阅一本书，那本书看上去像是被烧了一半后又从火堆里拿了出来。

当门打开时，机器人全都转过来看着博士。罗瑞敢肯定，他们脸上都是一副内疚的表情。

"好啊，"博士说，"别以为我看不出来你们要干什么。"他关上门喃喃自语道，"我得提醒自己，以后一定要回来把它毁掉。"

接着，他们来到一间堆满架子的储藏库。巨大的房间大约有十米高，向里延伸了大约五十米，从地板到天花板摆满了一排排架子。每块搁板上都有一个绿色的玻璃盒子，砖头大小，正面贴有标签，中心则有极其微弱的光芒在闪烁。

"好吧，"博士说，"我想，我们找到了。"

艾米跟着博士走进储藏库。眼前的景象非常漂亮：一排排绿色玻璃砖的内部闪烁着微光，感觉就像置身于一个冰制的橱柜之中，看着夕阳从外面照射进来。在正中央有个看起来像牙医椅的东西，腰部位置有一条安全带，头部位置的一侧有一块监控屏。博士碰了碰屏幕。

"真卑劣。"他说，"这是时间捕捉椅，让人很难从里面挣脱出来，你根本没有时间逃跑。"

他低下头去看椅子底部，疑惑地眨了几下眼睛。

"有趣，"他说，"很有趣。"

艾米的指尖顺着一排玻璃砖滑动。

"当心那些东西，"博士说着站了起来，"每一块都代表着一个人。"

艾米仔细地看了看玻璃砖。正面的标签上都写着人名：伊斯梅尔·哈比比、P. 麦克米克博士、艾玛·泰勒、亚历山大·李、菲利普·道伊雷、本尼·哈尔-伊文、西德尼·简。

"可是这儿有上千个人名呢，博士。"她说，"成千上万，人数肯定比莱克星顿国际银行的员工总数还多。"

"我想，远不止在银行工作的人。"罗瑞指着其中一块玻璃砖说。

艾米越过他的肩膀看过去，"但那个女人……她不是在内阁工作吗？"

罗瑞点点头。

"看这个，"艾米说，"他上过《英国偶像》[1]，对吧？"

房间里到处都是发光的玻璃砖，每一块的中心都有十分微弱、难以分辨的闪光，就像一个透明生物微微跳动的心脏。

"这就是他们的……储藏库吗？"艾米问，"从每个人那儿拿走的时间就存放在这里？他们像上网一样通过无线传输将时间从手表上传过来？如果我们打破所有玻璃砖，每个人能找回自己的时间吗？"

"嗯……"博士犹豫道，"嗯……"

"怎么样？"罗瑞问。

博士闭上眼睛，伸开双臂。他的手指活动着，好像在触碰那些玻璃砖，但指尖其实离得很远。他安静下来，一动不动，低声说了些什么，然后猛地睁开眼睛。

"不行，"他说，"没有任何意义。你看，罗瑞，主要原因是，时间是一种非常不稳定的物质——不宜储存，很难使用，甚至难以追踪。我是说，你怎么有空算出别人借了多少时间？你明白我的意思吗？"

罗瑞摇摇头。博士无视了他。

---

1. 一档英国的歌唱选秀节目，旨在通过海选寻找歌唱新星。

"他们做的事情比单纯储存时间要困难得多。你们很幸运，拥有一个因生理机能不同而对时间起伏和流动很敏感的人。真不知道你们没有我该怎么办？"

艾米翻了个白眼。她四处寻找安德鲁，发现他正顺着玻璃砖上的名字进行辨认，仔细观察着内部的细微动静。她注意到一只蟑螂在其中一排玻璃砖上爬行，看起来相当大，大约有她的大拇指那么长。难以置信，她想，它们无处不在。

"所以你们看，"博士说，"如果这个房间充满每个人被拿走的所有时间，那我应该能感觉到。可这些更像是……账户，每个账户都被这些容器保护起来，避免受到时间流的影响，这样就能留下准确的记录。罗瑞，真正的坏人总是觉得他们是按规矩办事的，想要记录自己到底做错了多少。我记得阿尔·卡彭[1]曾经跟我这样说过。总之，他们还有别的目的。"博士对着玻璃砖墙挥了挥手，"即便按时间存储的标准规定来看，这一切也过于……惹眼了，好像他们想要……炫耀一番，甚至可能……"他的声音变小，转而自言自语道，"想把时间卖出去？但自从时间大战以来，那种交易就一直处于暂停的状态，这——"

"所以这些只是……每个人的银行对账单吗？"艾米插话道。

博士转过身深吸了一口气，说："比那更复杂一点，提到时

---

1. 美国黑帮成员，于1925年至1931年掌管芝加哥黑手党。

间的时候总是不容易组织语言,但基本上是这样。"

艾米耸耸肩,"那不一样吗,博士?如果我们打破所有玻璃砖,那每个人就不会欠任何时间了。完事儿。"

"也可能每个人会立刻偿还他们当下所欠的全部时间。"博士说。

"哦,"艾米说,"也对。"

"可能什么事都不会发生,也可能会毁灭宇宙……如果不知道里面装的是什么,就很难判断。"博士耸耸肩,"但它们很漂亮,不是吗?我想知道他们是为谁准备的……"他又跑题了。

安德鲁·布朗沉默了很长时间。他站在其中一个架子前,凝视着某块玻璃砖,盯着里面那颗小小的、跳动的"心脏"。

罗瑞朝他走来,越过他的肩膀看了过去。

安德鲁盯着的那块玻璃砖上贴着他自己的名字:安德鲁·布朗,莱克星顿国际银行。

罗瑞把手放在安德鲁的肩上,"哦,哥们儿,"他说,"我很抱歉,那是——"

安德鲁甩开他的手,"我自己造成的,"他轻声嘟囔着,"怪不了别人。"他拿起玻璃砖,用双手捧着它,"怪不了别人。"他重复道。

罗瑞静静地站在他身旁,看着一只大蟑螂——大约有他的食指那么长——在地板上蹿来蹿去。

"那么我们现在该怎么办,博士?如果我们不打算——"艾米捶了一下其中一块玻璃砖,"——把它们全部打破?"

博士微微弯下腰去检查某块玻璃砖,上面写着:李·弗雷克斯,伦敦旺兹沃思区[1]。里面闪烁着和其他玻璃砖一样的微弱光芒。

"博士……"罗瑞说。

"等一下,罗瑞。"博士说,"看这个,艾米,你看到了吗?"

艾米看了看博士所指的位置。在靠近顶部的地方,有一条绕玻璃砖一圈的细缝。然后,她发现所有玻璃砖都有一条类似的细缝。

"这是……盖子吗?"

"只有一个办法可以找出答案。"他小心翼翼地伸出手,试着把盖子掀开,但没有成功。

"博士?"罗瑞又开口了。

"先别说话,罗瑞。"博士说,"我正在尝试一个需要非常小心的动作……"他把音速起子对准缝隙,什么也没发生。

"博士,"罗瑞说,"有一只……蟑螂。"

"我看见了,罗瑞。"艾米说,"它们无处不在。别大惊小怪,没什么……"

"我想……我想你从来没见过这样的……"

---

1. 位于伦敦西南二区的自治市。

艾米听到身后传来昆虫外壳发出的咔嗒声——她以前从未听过蟑螂发出这种声音——便非常缓慢地转过头去。

在罗瑞旁边，有一只蟑螂。它有小猫那么大，但远不如小猫万分之一可爱。

艾米看着它逐渐变大。"博士……"她说，"博士……"

"等一等。"博士用牙咬住音速起子，把它对准玻璃砖，同时试着把顶部的盖子掀开。

蟑螂挥动着长长的触角，口器发出咔嗒咔嗒的声音。这些触角现在已经和铅笔一样粗了，大约有一米长，连同其他部分一起变大。

"博士……"艾米又开口道。

"等一下，这东西就是不……"

"这件事更重要，博士！"

博士抬起头，看见了那只蟑螂。

"啊！"他说，"是的，我想过可能会这样。非常精明的约马莱特－拉姆设置了自动防御系统。"

"是很有趣，博士，但是——蟑螂！"艾米一边大喊一边往后退。她本想拿起一块玻璃砖朝那只昆虫扔去，但想起博士说过的关于摧毁整个宇宙的那番话，又改变了主意。

"可能不光只有这一只蟑螂吧？"博士说着也后退几步，把艾米、罗瑞和安德鲁护在身后，慢慢一起退出储藏库。蟑螂现在有拉布拉多犬那么大了,但远不如大狗那般友好。那只蟑螂摸索着朝他们爬来,触角轻轻扫过架子。"你们看,它怎么没有损坏任何储存的物品?但它知道我们是侵入者。真是天才!至少也是基因改造过的,也许植入了某种思维控制芯片,非常聪明。你们发现了吗?"他停下片刻,转过身来面对艾米,"实际上,蟑螂只是恢复了正常大小,而我们仍然很小。这样做可能会比创造一只巨大的蟑螂消耗更少的能量,真是非常聪明。"

"博士!"艾米尖叫着提醒博士,因为那只蟑螂几乎就要扑到他身上了。它的上颚不断开合,露出锯齿状的边缘,可怕的前足伸向他们。

"对,好的。"博士说,"快出去!"

13

他们全都跑回了塔架。在离开时,安德鲁抓着那块写有自己名字的玻璃砖,把它紧紧贴在胸前。蟑螂跟在他们后面,嘴里滴着淡黄色的液体。

"噢,这倒是没见过。"博士说,"一定是某种基因改造。多么迷人!稍等。"他在口袋里翻来翻去,找到一个笔记本、一大块硬糖、一只线团,还有一块手帕。他把手帕卷起来朝那只大蟑螂扔去。少量黄色的酸性液体喷溅到手帕上,布料在嘶嘶声中溶解了。

"嗯嗯,"博士说,"真聪明!"

"别管那个了,博士,我们快离开这里!"艾米尖叫道。

她开始在键盘上胡乱输入数字。塔架先是向右倾斜,然后上升,再迅速下降。蟑螂因塔架的移动而从一边蹿到另一边,把几滴酸性唾液滴到了罗瑞的外套上,外套立刻发出嘶嘶声,沾上唾液的地方也变黑了。罗瑞把外套扯下来扔到地板上,上面的黄色酸性液体还在继续腐蚀。

"别再！这么！做了！"罗瑞喊道。

"好吧！那我们该怎么办？"

博士皱着眉头检查键盘，"一定有什么办法让塔架升回入口，一定有……"

蟑螂以不可阻挡之势缓慢逼近。

"等等，"罗瑞说，"我们会没事的，我知道该怎么做了！"他翻找着脚边那件已经部分溶解的外套，从口袋里掏出完好无损的超级幸运浪漫相机。

"只要困住它，我们就没事了！"他喊道。

那只蟑螂正在向他们逼近。艾米注意到，塔架上还有三四只小蟑螂，虽然只有正常大小，但她相信它们不会一直如此。大蟑螂靠得更近了，其中一只触角拂过艾米的袖子。她不由地瑟瑟发抖。

"就是现在！"她喊道。

罗瑞按下超级幸运浪漫相机的快门。相机发出嗡嗡声，在蟑螂周围形成一个小小的时间泡。它伸出触角探查了一下，晃动的泡泡嘭的一声破灭了。罗瑞盯着那只蟑螂，晃了晃相机，又试了一次，什么也没发生。相机背面的屏幕上显示着一条信息：**电量不足，请充电后再享受更多的幸运浪漫时刻。**

"电量不足！"罗瑞冲着相机喊道，"电量不足？你可是来自 51 世纪的科技产品！你本应该有一块收集能量的宇宙放射能电池！"他看了看艾米，声音里透出恐慌，"相机不应该没电的！"

那只蟑螂用触角碰了碰艾米。她打了个寒战，看着它喊道："我把你的表兄弟都踩成泥了！"

她向前冲去，狠狠地踢了它的口器一脚，鞋底因接触到酸液而发出嘶嘶声。那只蟑螂从塔架上掉下去，在半空中翻了个身，停在下方距离他们十层远的门口，又开始向他们爬回来。它并不是孤军奋战，更多的蟑螂从巨碗底部爬了上来，有些个头比较小，有些则更大，其中一只蟑螂笨拙地慢慢爬上巨碗的外缘，有一辆宝马迷你[1]那么大。

"博士！"艾米尖叫道，"它们来了！"

"好吧，没别的办法了！"博士喊道，"快过来，我们去找我的储藏库！"

他在键盘上按下一串数字，快得连艾米都没来得及看清楚。塔架突然转动起来，倾斜得厉害，但它并没有飞速上升，躲开不断逼近的大蟑螂，反而开始往中心下降。

娜迪亚从来没有如此频繁地使用过自己的手表——她对此感到愤愤不平。她听说，人力资源主管一次性借了几周的时间，就在他和家人去滑雪的同一周，法务部却在裁员。自从手表出问题

---

1. 英国微型车品牌，现在隶属于宝马集团旗下。

153

以后，她就再也不敢借任何时间了。但是，这次值得一试。

娜迪亚跑回了F号储藏室，因为她不想引起鲨鱼人的注意。她死死盯着手表，希望它不要出故障，手表喷出一点点火花以示许诺。没问题。

她把手表往回拨了一个小时。周围什么也没改变，只是墙上的时钟早了一个小时。手表奏效了，她轻轻一笑。重物迟早会派上用场，但这间储藏室里没多少重物。娜迪亚看了看四周，注意到远处的架子上放着电话簿，便走过去拿起一本翻了翻，掂了一下它的重量。她笑了笑，心想："是的，这个用得上。"然后走回停着塔迪斯的储藏室。

可是，她没有注意到，自己留下的"幽灵"正在时间中不断循环往复。

幸运的是，塔架移动得非常快。即便蟑螂爬得飞快，也难以赶上塔架移动的速度。但是，艾米意识到，如果他们再尝试打开五十扇门，就会被它们困住了——他们不可能长时间抵挡住这些蟑螂。她能感觉到，踢过蟑螂的那边鞋底比另一边薄得多——像纸一样薄——而他们只剩下七只鞋子可以用了，这远远不够。

当塔架摇摇晃晃地停下来时，前面只有一扇门，他们全都朝它跑去。这扇门又大又黑，上面用白漆写着：别进来——说真的。门上本应该装有锁孔的地方只有一块手印形状的板子。

塔架晃动起来，透过格栅可以看到，蟑螂正沿着塔架的支柱往上爬，一边挥动着巨大的触角，一边滴着黄色的液体。

博士正用手指摸索着门上的文字。"除非有充分的理由，否则我是不会警告自己的。"他喃喃道，"既然知道我要来这里，如果不想让我进来，为什么还要租一间储藏库呢？令人费解，真是令人费解。"

"它们来了！"艾米喊道。那只汽车大小的蟑螂爬上塔架的顶部，把毛茸茸的跗节小心翼翼地放在他们对面的平台上。它不紧不慢地爬过来，仿佛拥有世界上的所有时间。

博士环顾四周，"嗯，是的，说得对。"然后，他把手按在手印形状的板子上。

门开了，里面一片漆黑。此刻，蟑螂正成群结队地爬过塔架，艾米、罗瑞和安德鲁努力想要把它们踢走，但它们离得越来越近。

"进来吧！"博士说着，走进了黑暗中。

罗瑞和安德鲁毫不犹豫地跟了上去。艾米想起之前经历过的眩晕，在门口犹豫了一会儿，但只是一小会儿。如果在眩晕和蟑螂之间选择的话，她觉得两者不相上下。她鼓起勇气走进去，准备迎接接下来的一切怪事。

"噢！"艾米说。

他们四个人挤在一间电梯大小的前厅内，面前还有一扇锁着的门，门上也有一块手印形状的板子。在这个小隔间里，他们几乎没有任何活动空间。一只触角开始在他们刚进来的门边试探摸索，艾米使劲关上了门。空间变得更小了。他们目前很安全，但不能待太久。

"那就继续吧，博士。"艾米说，"打开下一扇门。"

博士把夹在自己和安德鲁之间的胳膊伸出来，把手按向门上的板子。

什么也没发生。

他盯着自己的手，使劲甩了甩，又试了一次。

门上开了一扇小窗口，点阵屏幕上显示着一条信息：**我认为你不应该进来。**

博士把手一直按在板子上。

信息变了：**你真的不应该现在到这里来。**

博士等待着。

信息又变了：**哦，好吧，拿上这些东西。但是，真的别进来了。**

一只抽屉从门的中间位置推出来，击中了罗瑞的太阳穴。在抽屉里，有一只巨大的喷雾罐，大约和博士的前臂一样长，还有一张杂志内页，以及几块装在密封的冷冻袋里的电池。等博士把东西取出来，抽屉就关上了。

"说实在的，"博士说，"我的其他化身可真是高高在上——让我做这个，或者去那里，还让我注意不要破坏整个时空。"

"但这是不是意味着,你未来的某个化身来过这里?"罗瑞说。

"当你像我一样频繁地在时间中旅行的时候,"博士说,"你就学会了不去问关于自己的问题,因为那只会带来麻烦。不管怎样,来看看我们拿到了什么?"

他把杂志内页和装有电池的袋子塞进外套口袋,然后举起了喷雾罐。罐子的标签上写着:**超级灭蟑喷雾,产自克托斯克-贝雅尔——一颗爱好玩乐的星球,这里的蟑螂有三米高!**罐子上还印着一个穿着牛仔裤和T恤的男人——除了长着七条胳膊外,其他方面看起来都很正常——他把喷雾罐高高举起,正对准一只矗立在面前的蟑螂。

"这是一瓶……杀虫剂?"艾米怀疑地说。

"生长着巨型蟑螂的……星球?"罗瑞一边说,一边猜想博士是不是在某个时候去那里拿了喷雾罐。

"你真的是……外星人?"安德鲁说。

其余三人都转过来看着他。

"我还以为你们之前是在开玩笑呢!"安德鲁哀怨地说。

这一次,在辛明顿先生把炸弹放在塔迪斯门上之前,娜迪亚就已经在那里了。她看见鲨鱼人一脸期待地走过来,手里还拿着闪光的炸弹。只听见砰的一声,娜迪亚把厚厚的电话簿狠狠地打在他伸出的手背上。

鲨鱼人互相推搡，都想要抓住掉在地上的炸弹，但娜迪亚的动作更快。当捡起炸弹时，她的手表又受到影响，娜迪亚感觉自己的时间被拿走了。这就是炸弹准备对塔迪斯做的事吗？

她的手表嘶嘶作响，鲨鱼人迷惑不解地朝她所在的方向看去。如果他们现在看到她，她就没机会了。滴答声加快了，炸弹现在正把她的手表拉扯过去，好像它们是磁铁的两极一样，十分反常。她只好试着不再把它们分开。只要能阻止鲨鱼人闯进去，不管发生什么最好都由她来承担，而不是塔迪斯。

她的手表砸在炸弹上，发出一道白光。滴答声越来越快，最后只剩下一串杂音。

娜迪亚的手表喷出火花，玻璃碎渣也飞溅出来。她的思绪已经游移不定，她在想，是不是损坏的手表救了自己的命？她的手上突然布满皱纹，后背也佝偻了。鲨鱼人紧张地从时间机器旁边退开几步，以为塔迪斯还另有什么玄机。

娜迪亚慢慢爬出房间，来到过道上。手表的表盘闪烁着随机数字，一些碎片还连在电线上，但就是弄不掉。而她还在继续变老。

她十分困惑，感觉自己比以往任何时候都要老，半知半觉地爬回了银行外面的小窝。

"不过，我们要怎么出去呢？"罗瑞小声说。

他们都能听到门上爬满了蟑螂。

"如果我们瞄准一只,其余的都会来对付我们。"艾米低声说。

安德鲁慢慢地卷起左手的袖子,"把喷雾罐给我。"他说。

"不行,"艾米说,"安德鲁,你已经欠他们太多时间了,你……"

"喂,已经欠了五万五千年,再多加几年又能怎样?把喷雾罐给我。"

博士把东西递了过去。

"好了。"安德鲁说。

他们全都看着安德鲁。他打开门,左手拿着喷雾罐开始朝周围喷洒,同时右手把手表往回拨。另一个手持喷雾罐的安德鲁出现在博士他们旁边,从不同的方向攻击蟑螂。接着又出现一个,然后再下一个,每个安德鲁都大喊一声跑出大门,以最快的速度喷洒杀虫剂。

几秒钟后,艾米、罗瑞和博士看到黄色的液体不再从门缝里流进来,便跟着其他的安德鲁走了出去。外面有十个安德鲁正在喷洒杀虫剂。蟑螂四脚朝天,蹬着它们的前足。安德鲁们转向艾米,笑着指了指她的手腕。

"你想加入吗?"其中一个说着,递过来一只喷雾罐。

艾米摇摇头,"不,"她说,"我想,我已经借得够多了。"她不敢正视罗瑞的眼睛。

安德鲁耸耸肩,"随你的便。"然后又开始往蟑螂身上喷洒起来。艾米从未见过他脸上那种喜悦的表情。

当最后一只蟑螂被消灭后,塔架就像收到命令一样开始平稳上升。当他们到达出口的时候,约马莱特－拉姆正悬在半空中等着他们。

"啊,博士,"它很有礼貌地说,"真高兴你还活着。当然,我就知道你会活下来。你也知道,我需要履行合同上的某些义务以保护自己看管的财产。我不能为任何人清除蟑螂,无论……嘿嘿嘿……该客户多有钱。"

博士点点头,"我们现在该走了。"

约马莱特－拉姆用手比出"请"的动作指向出口,"组织压缩器会将你的生物印记储存起来,准确率高达99.99999%。你可能会觉得奇怪,比如头发长错地方之类的。"

艾米看着博士。

"我们走吧。"博士说。

"哦,在你们离开之前,"约马莱特－拉姆说,"请拿上我的名片。我知道你们会用到它的——在过去的某个时候。"

这是约马莱特－拉姆自他们相遇以来,第一次露出真正的笑容。它的牙齿又小又尖,让人感觉不太舒服。

博士瞥了一眼名片,把它塞进口袋,"我倒希望找到别的办法。"

"哦，我知道。"约马莱特－拉姆说，"但你不会找到的。"

当他们离开小绿仓时，天已经亮了。艾米不知道这是怎么发生的，他们在里面待了一段时间，但感觉只有几个小时，而不是一整晚。博士嘟囔着什么压缩过程会造成时间扭曲，因为物质和能量是一样的，但她听不懂。她找了一小块草地坐下来，从未像现在这样因看到阳光而感到高兴。

罗瑞走过来坐在艾米旁边，握着她的左手，卷起了她的袖子。

"我之前看到你也戴着一块手表，"他说，"但我没想到你会……可你借了时间，对吗？"

艾米点点头。

罗瑞搂着她，把头靠在她的肩上。她没有抗拒。

"噢，艾米，"他说，"为什么？"

她局促不安地动了动，"我想同时去两个地方。"她说，"我想让每个人都开心。我想成为一个好女儿、好妻子、好朋友……以及做我自己。"

"你借了多少时间？"

"这不重要。"她说，"我借了太多时间，却仍不够用。"

不远处，博士正倚在栏杆上望着泰晤士河的日出。安德鲁站在他旁边，一只胳膊下夹着空的喷雾罐，从储藏库拿出来的玻璃砖从外套口袋里露了出来。

"我们找到什么有用的东西了吗,博士?"安德鲁说。

"储藏库里面吗?"博士耸耸肩,"不,没什么特别的。我们虽然知道他们把账户保存在那里,但并不清楚中央时间存储仓在哪儿,也不清楚如何破坏它。我们甚至不知道是谁首先把它们带进银行的。"

安德鲁盯着写有自己名字的玻璃砖,"也许这里面会有答案?"

博士从他手里拿过玻璃砖,看了看边上那条细如发丝的裂缝,"如果我能打开它并看一眼里面的构造,也许会找到答案。"

安德鲁·布朗看着玻璃砖,"我欠他们五万五千年?"

博士点点头。

"还有其他许多人和我一样?甚至可能比我欠的时间还要多?"

博士又点了点头。

"如果我们能找出罪魁祸首,并找到他们储存时间的地方,也许就能把每个人的时间拿回来,而这一切都不会发生?"

"也许吧。"博士说。

"而玻璃砖里的信息能帮上忙?"安德鲁说。

"有可能,"博士说,"我不能保证。"

安德鲁·布朗掂量着手中的玻璃砖,好像在估计它的重量。他感受着借来的每个小时的价值,感受着生命的重量,感受着自己还未意识到就轻易放弃的一切。

他举起胳膊，打算把玻璃砖扔到地上摔个粉碎。

"不要！"罗瑞大喊着一跃而起，拼命想从他手上抢下玻璃砖。

"这是唯一的办法。"安德鲁说，"我已经做了决定，必须承担后果。"

"不，"罗瑞把玻璃砖翻了过来，"还没到时候。你看。"

玻璃砖的底座上有一行凸起的深绿色小字：**私人财产。如有拾到，烦请送回莱克星顿国际银行凡妮莎·拉英－兰道尔办公室。**

14

"所以我们必须回到银行。"艾米说。她抓了抓左手腕上的手表,周围的皮肤因抓扯而变得有些红肿。

"你不行。"罗瑞说,"我们要确保你远离那些鲨鱼人。"

"我们谁也不能去那儿。"博士说,"他们现在认识我们了。我们没法儿偷偷溜进去,除非……"

"除非?"艾米满怀希望地问。

"嗯嗯……"博士说,"我们得再次找到娜迪亚·蒙高莫利,我需要再看一下她的手表。还有……安德鲁,我们需要你。"

安德鲁点点头,"我得告诉其他人这一切是怎么回事。"

"对,你必须那样做。"博士说,"你还要搞清楚凡妮莎·拉英-兰道尔的办公室里发生了什么……"

娜迪亚在时间中摇摆不定。有时她重回年轻,感觉自己又健康又强壮。但这只是短暂的瞬间,很快又消失不见。有时她怀疑这一切只是自己的想象,也许变年轻的美梦是年老时会出现的幻觉。她的记忆支离破碎,她不记得自己是如何变老的,但也许那也是她疯狂幻觉的一部分。她尝试找出原因,一遍又一遍地念叨和提醒自己,她真的没有发疯。

她待在银行附近从未走远,也没办法走太远。有时,一些善良的人会帮助她,就像那个好心的年轻人一样。他拉着她的胳膊说:"娜迪亚?是你吗?娜迪亚,传播与营销部主管?"

她差一点就认出了他,但瞬间又不记得了。

"你是安德鲁吗?"她说完,记忆便消失了。

他带她去了圣殿花园[1]。那里有一片几乎延伸到泰晤士河的绿色草坪,就像有人铺了层地毯。三个友好的年轻人在那里等着她,手里拿着装满热巧克力的保温瓶和奶酪三明治。

"那只鞋需要补一补。"娜迪亚对艾米说。

她竭尽所能把自己做的一切告诉了他们。他们虽然有点困惑,但心存感激。她没办法说得有多准确,因为一切都乱了套。不过,关于鞋子的事情还是没说错。

艾米看了看靴子底部,鞋底像纸一样薄。"是啊,"她说,"我们的鞋子都有点磨损,对吧?"

博士正在拨弄娜迪亚的手表。那东西时不时喷出火花,有时还振动得很快,有一会儿像是快要消失了。

---

1. 位于伦敦市中心的圣殿区。

"你在干什么，博士？"艾米问，"我以为你已经拿我的手表来模拟娜迪亚的手表了。"

"模拟它，是的，没错，就是这样。"博士叼着音速起子嘟囔道，想要把回形针的一端插入娜迪亚手表的裂缝里，"但这块手表的功能并不是它唯一重要的作用。"

艾米和罗瑞交换了一下眼神——那种眼神表明：是的，作为在时空中旅行的时间领主和最后一个族人，他也许富有魅力，但这并不意味着我完全明白他在做什么，而你也一样。

"啊哈！"博士喊道。手表喷出一串细细的银色火花，然后停了下来。

"嗯嗯……也许不对。"博士把音速起子从嘴里拿出来，这使他的话没那么含混不清了，"问题是，所有鲨鱼人都是同一个人，对吧？只是位于时间流的不同节点。"

"对的。"罗瑞说。他当然听懂了这一段话……大概听懂了。

"所以，鲨鱼人之所以无视娜迪亚，不仅仅因为这块手表让他们常常看不见她，还因为他们知道手表是属于她的。"

"嗯？"艾米说。

"因为他们知道她的手表坏了，所以才无视她。如果能让手表的影响范围扩大到覆盖我们的地方，他们也会无视我们。"

娜迪亚的手表冒出一股黑烟。博士一边咳嗽，一边挥手把烟驱散。娜迪亚瞬间年轻了十岁，皱纹变少了，头发变多了，背也挺直了。

"嗯嗯……"博士说,"这并非我的本意,还没到那一步呢。"

安德鲁朝萨梅拉的办公室走去。此时,萨梅拉正坐在桌子后面,不停地敲击着键盘。他确信她又在准备另一份完美的演示文稿,以至于让他的成果相形见绌。与此同时,他通过眼角的余光又看到了她——在过道的尽头拿着一些文件。他之前怎么没有注意到,她同时出现在了好几个地方呢?银行里那么多人怎么也没有注意呢?也许是因为他们早已习惯。大楼里的每个人都给人一种这样的错觉:他们可以同时出现在九个不同的地方,可以在五个小时内完成五十个小时的工作——还不觉得工作量超负荷。每个人都假装把银行工作当成自己生活中的头等大事,总是超出预期地完成不可能做到的事。安德鲁原以为只有他一个人在拼命努力,但现在看来,在这层楼工作的所有人中,有一半人的左袖口处都有明显的凸起。

"你错过开会了。"当他走进办公室时,萨梅拉提醒道。

"什么会?"他问。距离上次来到这里,他感觉好像已经过了一百年,甚至可以说,过去了五万五千年。

"昨天下午本来有个会议需要你参加。别担心,我替你去了。"

"你要借多少时间才能完成这件事?"安德鲁说。

萨梅拉望着他思索了片刻,然后耸耸肩,"没有多少是我偿还不了的。"

"哦,真的吗?"安德鲁说,"你是这样认为的吗?让我给你讲讲他们的计算方法吧。"

娜迪亚现在变成五十岁了,一直哭个不停。博士看起来很不好意思。罗瑞从装三明治的袋子里掏出一叠纸巾递给她。

"我变年轻的时候总是最糟糕的。"她把脸埋进纸巾抽泣着说,"当我变老的时候,我就忘记了一切,没有什么值得烦恼的事情。但当我变得年轻一点,我就又想起来了。"

艾米轻轻地拍着她的背,又闷闷不乐地看着自己的手表。

"我才四十岁。"娜迪亚哭着说,"我以为自己还有时间做任何事,比如认识一个人,安定下来,甚至组建一个家庭。可你们看看我现在的样子。"

"可能还有——"艾米甚至没能说完这句话,就亲眼看见娜迪亚又变老了。

博士还在摆弄娜迪亚的手表。终于,一圈发光的橙色细线环绕着他们——艾米、罗瑞还有博士——然后慢慢消散得无影无踪。罗瑞从侧面看了看自己的胳膊,发现有一道微光围绕着他。

"行了!弄好了!"博士说,"当然,这意味着……嗯嗯……而且我们需要一个……"

娜迪亚盯着他,泪水打湿了脸颊。

"博士会解决一切问题的。"艾米对娜迪亚安慰道,"他总是能够找出解决办法。"

娜迪亚耸耸肩,"他能怎么做,改变历史吗?"

"你会大吃一惊的。"艾米说。

"我没办法不去想自己失去的一切。"娜迪亚说,"所有想去但还没去的地方,所有这辈子想做但还没做的事情……还有再也无法生养的孩子……"

博士猛地转过头看着她,"再也无法生养的孩子……是的,有意思,的确很有意思。"

萨梅拉一屁股坐在椅子上。

"我知道有关复利的事情。"她说,"我已经尽量小心了。"

"你确实很小心,"安德鲁说,"至少比我好得多。"

博士之前教过他让手表显示所欠全部时间的方法。一块展示着萨梅拉账户的界面悬在空中,发出橘色的光,上面写着:**自上次偿还以来借用时间总计五天零五小时;偿还时间总计三十五年。**

"这不是你的错。"安德鲁轻声说。他从未想过自己会为萨梅拉感到难过,甚至没有想到他们会有这么多共同语言。毕竟,在这栋大楼里,赶超他人才是最重要的事情,她看起来总是像安德鲁的竞争对手一样。

"我总是在借用几个小时后就立即偿还,否则利息会越积越多，这我知道。"萨梅拉说，"只是……这是笔新的大买卖，而且……"

安德鲁点点头，"我们对彼此做了这些事。"他说，"比如我会把时间用在所有你可能会领先我一步的会议上。"

"但我并没有领先！"萨梅拉说，"为了借点时间，有时我不得不装作去趟卫生间，这样我回来的时候看起来就像准备好了！"

"我也做了同样的事。"安德鲁说。

萨梅拉点点头，"为了在展示报告的时候表现得比你更好，为了在面见客户的会议上比你多准备一份资料……"她叹了口气，透过玻璃墙面盯着中庭的玻璃雕塑，"我们对彼此做了这些事，而现在我们必须解决这个问题。"

艾米无助地拍了拍娜迪亚的手。她现在大约六十岁，而且还在变老。

"我不知道怎样才能让她稳定下来。"博士说，"唯一的办法是把那块手表从她手上取下来。"

"这种事也可能发生在我身上对吗，博士？"

"哦，我想那是不大可能的。"博士说，听起来并不怎么令人信服，他耸耸肩，"说实话，我倒觉得我们还有别的事情需要担心。把你的相机再拿给我看看，罗瑞。"

罗瑞从口袋里掏出没电的超级幸运浪漫相机。屏幕上显示着越来越多的请求信息：**亟须装入新电源。请充电后再享受更多的幸运浪漫时刻。请充电！**

"相机的电池寿命本应该永久有效，不是吗？"

"买相机的时候他们确实是这么跟我说的。"罗瑞说。

博士在外套口袋里翻来翻去，最后找到他在储藏库留给自己的那个袋子。这是一个塑料袋，里面装着一张杂志内页和几块电池。袋子顶部的拉链下面，写着一行字：**时间有效期长达四万年。**

"这是时间袋。"博士说，"就像冷冻袋一样，只是用处更大。它能防止袋子里面的东西受到时间流逝的影响，或者——注意听，这一点很重要——受到时空连续体波动的影响。"

"波动……"

"罗瑞，如果我把你放进这个袋子并密封上，然后回到过去杀死你的祖父，只要你还在袋子里，就会没事——当然，你不得不在塑料袋中度过余生。不过，还有比这更糟糕的情况，在小熊座附近有一颗行星，上面的人都生活在一条大鱼的肚子里，那个味儿啊……所以，可能更糟糕。罗瑞，想想好的一面！我说到哪儿了？"

"一个时间袋。"罗瑞说。

"啊，是的，没错。这是一个时间袋，里面的杂志内页受到保护，从而不会被时间中的其他变化所影响。当我们把内页拿出来的时候,它就不再是这样了。"

"那会发生什么呢?"

"我不……知道。很有趣,不是吗?来吧,读一读。"

罗瑞看了看袋子里的东西。这是一篇简短的新闻报道,被人从5013年的杂志上撕了下来。"在51世纪还有纸质杂志吗?"他迷惑不解地问。

"有些人仍然喜欢看纸质杂志。"博士说,"这可能是可食用纸张,富含维生素,还带有作者唾液的味道。有一段时间这种做法很流行。"

罗瑞露出一脸厌恶的表情。

"读一读这篇报道吧。"

罗瑞读了起来。这是一篇关于"宇宙放射能"发明者获奖的文章,阿伯丁大学的亨丽埃塔·诺科洛教授及其团队凭借惊人的发明而获得表彰。文章对这种令人惊叹的新能源赞不绝口。另外,来自日本和澳大利亚的团队也在研究类似的设备,但他们的版本速度较慢,而且会出现电池突然耗尽的情况。这篇报道下面是超级幸运浪漫相机的广告,宣传语还提到了超级永久宇宙电池。

"好吧……"罗瑞说,"这告诉了我们什么信息?"

"不知道。"博士说。

"如果我们把它从袋子里拿出来,会发生什么?"

"我也不知道。让我们试一试!"

博士拉开拉链。伴随着一阵嘶嘶声，杂志内页发生了奇怪的变化。在罗瑞的注视下，那些文字好像重新排列了顺序。博士把它拿出来，上面的报道看起来没什么变化，只是变短了一些。文章开头还是写有《宇宙放射能研究团队获得巴菲特奖》的标题。不过，发明者变成了东京大学的一名教授。文章对这项发明的褒奖则更为谨慎——这项技术并不完美，需要应对电池突然耗尽的问题，但它确实是一次进步。

博士把电池倒进手中，"我想这些东西能给你的相机供电，罗瑞。"他说，"但可能持续不了很长时间，所以你在使用时要小心。"

罗瑞点点头，把电池塞进口袋，然后他盯着杂志内页问道："可是，为什么报道变了呢，博士？我不明白。"

博士盯着那张纸，"我明白。"

"这是什么意思？"

"这意味着，"他说，"在这款相机上取得技术突破的人根本不存在——他们从未出生。你们的星球正在失去未来，人们正在一点一点地消失。"

萨梅拉和安德鲁正在一间间敲门。要想知道都有谁在使用手表其实并不难，只需要问问自己这些问题：谁在过去几个月里突然业绩大增？谁最早到最晚走却还没有离婚？谁曾经出现在五楼，而片刻之后就走出了大楼？

安德鲁跑去和一个叫多罗泰娅·凯末尔的女人谈话，她在北欧业务部工作。他曾经看到她在办公室里加班到很晚，而就在同一个晚上，当他在街区散步时，又看到她在一家餐厅里与朋友们有说有笑。萨梅拉则决定去找一下丹·罗戈维克，后者是一名大约三十五岁的编辑，最近超额完成了大量工作。

当丹正要离开办公室时，萨梅拉一头撞上了他。

"对不起。"她说。

"为什么说对不起？"另一个坐在办公桌后面的丹说。还有一个丹出现在中庭对面，魁梧的身体向前倾斜，正热情地与一位高级女销售交谈。他们怎么这么快就变得如此大意？怎么没有高管发现并制止他们？就好像上面的人不想知道似的——只要这些人继续为银行赚钱，其他事情便概不关心。

"丹，"她说，"我得和你谈谈，这件事真的很重要。"

丹的电话响了。她注意到他下意识伸手去碰手表，马上又阻止自己，停了下来。

"萨梅拉，很高兴见到你，真的，但是你看，我得接电话了。你能在外面等一会儿吗？"

她站在外面默默等待。就算他借了几分钟时间，在电话响第一声铃时就接听，那又怎样？过了一会儿，丹半是得意半是担忧地从门口探出头来，脸涨得通红。

"他们让我负责 GCXP 控股公司！我要调去分析部了！"他说，"这是我一直在等待的机会。我一定要让他们看看我的本事！"

萨梅拉点点头，"我们真的需要谈谈，丹，这件事真的……"

他咧嘴一笑，"我的妻子会为我感到非常骄傲。"他说，"我迫不及待地想要告诉她。来吧，我们聊一聊。稍等一下，有件事我一直想做，而且真的不想再推迟了。"

萨梅拉以为他要给妻子打电话。透过玻璃墙面，她看着他走回办公室，在办公桌后面坐了下来。她花了好一会儿才意识到，他并没有打电话，而是拨动着手表。

"不要！"她大喊着打开门，冲进了房间。

但为时已晚。

兴奋得意的丹显然决定把欠下的所有时间全部还清。他相当平静地向前倒在办公桌上，脸上布满了皱纹，身上只剩一层薄薄的、脆弱的空壳。

萨梅拉检查了一下丹的脉搏，他看起来仿佛已经死了二十年似的。

15

"无论走到哪里,我们都得带上她。"博士低声说,"这是目前唯一的办法。"

"你认为鲨鱼人扩散到什么程度了,博士?"艾米小声说。

他们在巴茨医院[1]的入口处徘徊,等待时机。

"你问的是空间还是时间层面?"博士低声说,"那个人怎么样?"他指向一位坐在轮椅上的老人,后者正被推着穿过大门。

"我们不能直接从他身下把轮椅偷走,对吧,博士?不管怎样,你说的空间和时间是什么意思?"

"鲨鱼人聚集的时间越久,"他喃喃地说,"他们在时间里就变得越不稳定,能够到达的年代就会越早,很快我们连听到关于他们的消息的时间也没有了。她怎么样?"

一名孕妇似乎要从轮椅上站起来走进医院,但随即发出一声痛苦的呻吟,又重新坐回轮椅,被人推着穿过大门。

---

1. 正式名称为皇家圣巴多罗买医院,位于伦敦史密斯菲尔德。

"不行。我们就不能用塔迪斯回到那之前吗?"

"如果时间线已经被重写就不能。"博士说,"出于安全性能考虑,塔迪斯不会重回一个改变的时间点。这个人怎么样?"

一名护士推着一个骨折的女人走出大门。她的男朋友扶她上了出租车,然后转身将轮椅推回自动门内,把它停靠在墙边。

"完美。"艾米说,"走吧。"

他俩大步走向轮椅,同时伸手去抓扶手。

"我还以为你要演病人呢!"艾米不开心地说,想要把博士的手推开。

"你没听过我的名字吗,庞德?我从来都不是病人,我永远是医生[1]。"博士说。

两人的冲突引起了在急诊室耐心等待的一群人的围观。

"博士,你就坐上轮椅跟我走吧。显然,我没什么毛病。"

"显然我也没什么毛病。"

"你们有什么问题吗?"一名保安漫不经心地走了过来。虽然艾米和博士的个头都很高,但这个人比他俩还要高,而且健壮得多。他看起来就像藏着一身的肌肉。

"没问题。"博士说,"我是医生,这位是我的病人——"

艾米把手伸进博士的外套口袋,掏出通灵纸片在保安面前晃

---

[1]. "博士"的英文Doctor也有"医生"的意思。

了一眼，"我是庞德医生，这位是我的病人。"

"不对！"博士说，"我才是医生，而且——"

"恐怕这个人对他自己来说很危险。"艾米说，"他产生了错觉，以为自己是医生。我需要让他坐上轮椅，并带到我的……门诊室去。"

保安看了看他俩，然后盯着"庞德医生"手里的身份证明，看上去若有所思。至少，身份证明看起来很眼熟，也令人信服。

"我不明白的是，"罗瑞一边解开搭扣一边问，"他们为什么要把他绑起来？"

"这是为了保护他自己，对不对，博士？"艾米说着把裹在博士腿上的毯子拿了下来。他坐在一张非常舒适的轮椅上，被尼龙搭扣绑住双手双脚，腰上还结结实实地系着安全带。

博士怒视着她，"我本来可以离开的。他们没必要这么做，我有意如此是因为……要知道……是我说了算。"

"随你怎么说，博士。"艾米扶他站起来，又扶着娜迪亚坐进舒适的软座垫轮椅，"随你怎么说。"

当医务人员准备将丹的尸体运走时，萨梅拉和安德鲁站在旁边看着。

"你认为在过去六个月里有多少人死在这里？"萨梅拉问。

安德鲁笨拙地舒展了一下身体，"让我想想，布莱恩·埃德尔曼、萨拉·胡，还有人力资源部的琳达和——"

"你还记得娜迪亚·蒙高莫利吗？她曾经是传播与营销部主管，有一天就这么突然消失了？"

"嗯嗯……是的，如果你算上所有失踪的人……"

他们默默地站了一会儿，看着这具可怜易碎的尸体被抬上担架。

"在过去的六个月里，好像失踪了九个还是十个人？"安德鲁终于开口道。

"那可不少，是不是？即使像这么大的银行，那也是很多人了。"

安德鲁点点头。

医务人员支起担架，把装在袋子里的尸体推出了房间。

"即便银行只死了一个人，我们也应该想想自己在做些什么。"萨梅拉说。

"在发生这一切之前的那些年，我们从未想过这个问题。你还记得吗？之前那些经历心脏病发作的人，比如鲍勃·利思？"

"那不是心脏病发作，而是心脏出了意外。"

"他的四次意外都发生在银行，之后他的妻子就逼他退休了。"

中庭对面的电梯到了，丹被带走了。

"在更多人遭遇不幸之前,"萨梅拉说,"我们得弄清楚发生了什么事。"

他们推着坐在轮椅上的娜迪亚,轻而易举地从银行后门溜了进去。然后,他们在一间没人的会议室里安顿下来,打算在那里等安德鲁和萨梅拉回来报告。

罗瑞打开了电视。当然,没有关于外星人的报道,也没有关于整个伦敦突然出现大规模死亡及老龄化加剧的新闻。不错,但有件事……

"博士,"他说,"你看那个新闻播音员的手腕。"

他没看错,在那个人的袖口下面,有个明显的凸起。

看完余下的新闻后,他们惊恐地发现手表不只在英国出现。南美小镇的一位市长戴着一块手表,正在谈论自己是如何做到比暴力团伙抢先一步的;美国俄勒冈州的一名外科医生也戴着一块,正在介绍自己发明的一项挽救生命的全新手术,该手术必须在受伤后几分钟内实施;冰岛的一群科学家声称他们在地热能源方面取得了突破,手腕上的手表甚至没有用袖子盖上。

"不过,这些都是好消息,博士。"罗瑞说,"看看大家都做了些什么。"

"是的,"博士说,"你可以用额外的时间做很多非常好的事情。同样,你也可以用第四条胳膊做很多事。倒不是说多长几条胳膊是个好主意——即使这种情况在某颗星球上风靡一时——我还记得给第四条胳膊加上袖子可难了……我刚才说到哪儿了？"

"但是，如果我们——"

"罗瑞，这就是借用时间的麻烦之处。一切看起来都很美好，表象如此光鲜，以至于没人想去看底下发生了什么。但这没有任何意义，"他转向罗瑞，扬起眉毛，挥舞着双臂，"如果人类在偿还时间的那一刻灭绝了，那让一切变得光鲜的行为就没有任何意义，对吗？"

艾米慢慢地点了点头，"我们必须想办法警告他们。"她说，"我想，我知道什么时候最合适。"

在银行的十楼，安德鲁和萨梅拉躲在盆栽后面看着一对鲨鱼人走在过道上。他们步调一致，整齐划一，手脚就像手表的指针一样摆动着。

"为什么我们以前从未想过看一看他们去了哪里？"萨梅拉问。

"我们当时正忙着互相竞争，"安德鲁说，"没有多余精力去注意其他事情。我敢打赌，就算外星人宣布他们要炸毁地球，我们还是会继续工作。"

萨梅拉咧嘴一笑，"我们会就此事发布竞争备忘录。"

"我们还会比着对外星生命进行更全面的分析。"安德鲁笑着说。

"然后希望有外星人会来提拔自己!"萨梅拉说。

安德鲁大笑起来,然后安静下来。

两个鲨鱼人同时敲了敲伦敦分行总裁凡妮莎·拉英-兰道尔的门。他们不等同意就径直走了进去。

萨梅拉和安德鲁在外面等了很久,想知道他们是否还会出来。

"他们出了什么事?"萨梅拉终于小声说。

"开长会?"

"他们从不花那么长的时间向别人推销任何东西。你觉得他们在里面干什么?"

"这个嘛,如果拉英-兰道尔真的是他们的老板……"

"她确实是与这些怪事一同出现的。"

"你是说,分行的业绩不可思议地增长了300%?"

"是的。"萨梅拉说,"你知道谁会知道内幕吗?"

"谁?"

"跟我来。"萨梅拉离开盆栽后面,向凡妮莎的办公室走去。

简·布莱斯正坐在桌子后面。这是萨梅拉见过的最井井有条的办公桌:钢笔整齐地摆在转角桌上,不同颜色的便利贴一张张依次排列。在她身后,用标签打印机打出的每项日程贴在挂历上,软木告示牌上的图钉也按照颜色进行排列。尽管如此,简·布莱斯看起来仍然有些心烦意乱。

"我很高兴终于有人问我有关那些古怪男人的事了。"她几乎快要哭出来了,肩膀在西装外套下颤抖着,脖子上的珍珠项链也跟着晃动。

"他们来到这里,走进凡妮莎的办公室——"她指着自己办公室另一头的那扇门,"——就再也没有出来!然后他们一遍又一遍地进来……我不明白。"

萨梅拉和安德鲁同情地点了点头,他们没费多大力气就让简开口了,就好像她一直等着向别人说出自己的恐惧一样。

"你知道他们在里面干什么吗?"安德鲁问。

简摇了摇头,"凡妮莎给我下了严格的命令,她不在的时候我绝不能进入她的办公室……她对此非常在意。我之前从未遇到过像她这样的老板。当我为其他高管工作时,他们都喜欢让我帮忙收拾房间,比如,"她提到自己整理文具的强迫症,"把东西收拾整齐,帮他们回邮件,还有处理他们的预约记录……"

"很明显,她有什么东西不想让你看见。"萨梅拉说,"我们这就去看一眼。"

奇怪的是,门并没有上锁。凡妮莎·拉英-兰道尔显然认为,自己给助理下达的严格命令足以把她拒之门外。办公室里一个人也没有。

"他们去哪儿了?"萨梅拉问。

简·布莱斯紧张地在门口徘徊,说:"我不知道。他们一直没出来。"

"也许,"安德鲁悄悄对萨梅拉说,声音低到让简听不见,"他们回到了过去。这就是为什么我们没有看到他们出来,他们在我们进来之前就离开了。"

安德鲁和萨梅拉迅速翻查了凡妮莎的文件柜和笔记本电脑,里面没什么可疑的东西——既没有标有"绝密邪恶外星人计划"的文件,也没有写着"在收集所有人的时间后我将如何使用"的资料。不过,她办公室的另一头有一扇上锁的门。

"这扇门通向哪里?"萨梅拉问。

简站在门口,因未经允许就进入房间而感到害怕,"我,呃,我……她不让我进那个房间。"

"说吧,简,你肯定知道她把钥匙藏在哪儿了?我们都知道助理比老板知道得多。"安德鲁说。

简焦虑地弓着背,"你们……我的意思是……嗯,你们跟别人说过这件事吗?"

"我们和几个人谈过这件事。"安德鲁说着,开始在凡妮莎的抽屉里翻找钥匙。

"你们有谁知道究竟发生了什么吗?"简因为紧张而升高了音调。

"有这么一个人,"安德鲁心不在焉地说,尝试往一个柜子后面看,"好像叫博士?他似乎知道得最多,一直在谈论什么外星人的事,如果你也相信的话。"

简紧张地咯咯笑,显然根本不相信。她轻声说了句"哦",然后用更大的音量说了一遍,听起来有一丝害怕。

安德鲁和萨梅拉抬起头,看见一对鲨鱼人正站在她身后。

"天哪。"辛明顿先生说。

"我同意。"布伦金索普先生说。

"我确信这些年轻人……"

"这么年轻,这么天真,这么充满希望。"

"没错,布伦金索普先生,没错,我确信这些天真的年轻人企图盗窃他人的私人财产。"

"未经允许就想进入。"

"这是严重的罪行。"

"他们将深刻地认识到,"辛明顿先生说,"犯下这样的罪行会被立即收回所有借用的时间。"

"真是非常非常遗憾。"布伦金索普先生说着,张开了血盆大口。

16

简·布莱斯的动作比萨梅拉或安德鲁想象的快得多。看到身后的鲨鱼人变换出可怖的面孔,她向前一跃冲进凡妮莎·拉英-兰道尔的办公室,砰的一声关上了门。她锁好门后转过身,激动地瞪着萨梅拉和安德鲁。

"哦,"她说,"哦!"她的眼珠往后一翻,整个人瘫倒在地上。

有什么东西撞在了门上。鲨鱼人想要闯进来,一遍又一遍地用力撞着门。

萨梅拉轻轻地拍了拍简的脸颊,后者的眼皮动了动。

"你没事吧?"萨梅拉问。

简慢慢睁开眼睛,"那些真的是……外星人,对吗?"

萨梅拉点点头。

"在我昏倒之前,我以为他们正在变成鲨鱼。那是真的吗?"

萨梅拉耸耸肩,"也许不是真的鲨鱼?也许只是看起来有点像?我想,大自然在很多不同的地方发展出了相似的进化模式。"

她停顿了一下，自言自语道，"外星人。"

"那……凡妮莎和他们有什么关系吗？"

"我们认为她是他们的老板。"安德鲁说。

简飞快地眨了眨眼。

"我知道这令人震惊，"萨梅拉小声说，"但我们得想办法离开这儿。他们最终会闯进来的。"

"我不震惊。"简慢慢地摇了摇头，"这说得通。自从凡妮莎开始接管伦敦分行以来，这些可怕的事情就发生了，比如说……你们有没有注意到，某个人会同时出现在两个地方？"她情绪激动地轻轻一笑，"我还以为自己发疯了。"

"我们也注意到了。"萨梅拉说，"每个人都注意到了，只是他们一直忽视这个问题，毕竟，这比试着搞清楚发生了什么要容易得多。"

"你们知道吗……"简慢慢地说，"凡妮莎总是保管着那扇门的钥匙……"她朝房间另一头的门点点头，"她总是锁上那扇门，总是把钥匙带在身边。但有一次我看见门开了——那时候我还在加班，本不应该待在这里——里面全是……绿色的玻璃砖。是不是很奇怪？"

萨梅拉和安德鲁交换了一下眼色。

"不奇怪，"萨梅拉说，"一点也不奇怪。不过，我们得通知艾米和她的朋友。"

"我给艾米和博士打过电话了。"安德鲁说,"他们正在赶来的路上,也许能及时救我们出去。"

"医生?"简虚弱地说,"我需要看医生吗?"

"不,他是……好吧……"安德鲁看了萨梅拉一眼,"说实话,我们认为他也是外星人。他似乎对时间旅行颇有研究。"

"艾米说他们会一起进行时间旅行。"萨梅拉补充道。

"是的,他们似乎知道这里发生的一切,还提到'时间捕手'之类的……"

简的眼睛睁得大大的。

撞门的砰砰声停了几秒钟。他们不安地盯着那扇门,想知道鲨鱼人是不是打算放弃了。可是,声音又恢复了。虽然间隔的时间变长,但撞门的响动变大了——鲨鱼人正在加速助跑。

"你说,他们为什么不直接回到过去,在我们进来之前赶到这里?"安德鲁低声说,一直盯着那扇门。

"有一次我听到凡妮莎对其中一个鲨鱼人说,这间办公室被……屏蔽了,是这个词吗?出于储藏库的安全考虑?"简说道。

萨梅拉点点头,"这说得通。不过,他们还是很快就会闯进来。"

简看着他俩,"你们相信这位医生吗?用你们的生命相信他吗?"

安德鲁看着萨梅拉,她的脸上带着似笑非笑的表情。从前开会的时候,当她知道自己胜券在握,只是等待时机发言时,她的脸上就是这副表情。直到这一刻,他才意识到自己对她的表情有多么熟悉。

"要知道,"萨梅拉说,"他远比这家银行的大多数员工更值得信任。"

"他能拯救我们吗?"简说,"拯救这家银行或者整个世界?如果你们找到他并说出关于凡妮莎的事情,他会有能力拯救我们吗?"

安德鲁张了张嘴,又闭上了。银行的这份工作总是让他夸大其词,把一切往好了说。不过,他再也不会这么做了。

"我不知道,"他最后说,"但我认为其他人都做不到。"

"你要把他带到这儿来吗?"简说。

"他已经在路上了。"萨梅拉说。

"那就好。"简说。

当鲨鱼人再次助跑撞上门的时候,简的身后传出两声巨响,门锁周围的木头开始裂成碎片。

"我们没有多少时间了,"她说,"但我知道该怎么做。"

娜迪亚的手表喷出紫色和绿色的火花,她盯着它,感觉自己越来越年轻了。她能感觉到,每一分每一秒都在发生变化。这种情况以前出现过很多次,但每一次每一步都让人感觉非常不对劲。

罗瑞把轮椅推进莱克星顿国际银行的货梯,其中一个轮子卡住了,使得娜迪亚在座位上颠了一下。她感觉这一动作对手表产生了影响,里面有什么东西松动了。

"博士!"她的声音比她想象的更高,也更轻柔,"博士,有点不对劲!"

"好的。"博士说,"让我看看能不能做点什么。"

他又用那根像笔一样的激光装置鼓捣着她的手表。他使劲晃了晃她的手腕,然后对准手表发出一阵激光。娜迪亚感觉自己的细胞重获新生。

"好吧。"他说,"这本来……嗯嗯……不应该发生的。"

"博士,她——"罗瑞开口道。

"是的。"博士说,"我看得出来。"

"发生了什么?"娜迪亚说。她的声音十分尖细,听上去像个孩子,这把她自己吓了一跳。

"你……"艾米皱着眉头开口道,"我不知道该怎么告诉你,但你……"

"你现在大约只有十岁。"博士说,"我们得解决这个问题,但不是现在。来吧,至少你用不上轮椅了。"

他们快步跑上楼梯,娜迪亚也带着比以往更多的活力奔跑起来。

外面的助理办公室里,辛明顿先生和布伦金索普先生都露出一副鲨鱼的面孔，冲着对方互相吼叫，表现得非常兴奋。门开始松动了，而他们拥有无限的耐心——就算要花十年的时间才能打开那扇门，他们也会这么做。不过，胜利的时刻已经临近。他们的鲨鱼鼻子嗅着空气，闻到了血腥味儿。他们低下头，鼻子前伸，又一次冲向那扇门，再来三四次就可以把门撞开了。

出乎意料的是，当他们一边向前跑一边准备迎接撞击时，门突然一下子就开了。门是从里屋解锁的，上面的铰链断了一半。在房间的另一端，简·布莱斯正微笑着坐在办公桌后面。

鲨鱼人跌跌撞撞地冲进房间，把注意力全都集中到简身上，冲她吼叫起来。在他们身后，安德鲁和萨梅拉蹑手蹑脚地从敞开的大门溜了出去。很快，鲨鱼人又变回充满礼貌的人类形态，向简步步逼近。

"你藏匿了不怀好意的罪犯。"布伦金索普先生说。

"说吧，"辛明顿先生说，"告诉我们你把他们藏哪儿了？"

"恐怕我们得自己动手了。"布伦金索普先生说。

"我们别无选择。"辛明顿先生说，像捕食者看到猎物一样侧着头。

"我们通常尽量显得有礼貌。"

"彬彬有礼。"

"我们通常不会找你麻烦，但在这种情况下……"

"恐怕，"辛明顿先生说，"你想敬酒不吃吃罚酒。"

他的皮肤变得越来越灰。

"我们得回去救她。"萨梅拉小声说。此时,安德鲁正拉着她经过被简整理得井井有条的便利贴,走向外屋的大门。

"我们无能为力。"安德鲁低声说。

"我们必须找到博士,告诉他这里发生的一切。"

"但我们——"

一声刺耳的尖叫从里面的办公室传了出来。

"他们准备杀了她!她甚至都没戴过手表!"

"我们无能为力。"安德鲁说,"如果我们回去,他们也会杀了我们。走吧,趁他们还没发现我们!"

他用胳膊搂着她的肩膀,半拖半拽地把她拉进电梯。一阵尖叫声从他们身后传来,最终被骨头碎裂的嘎吱声盖住了。

在莱克星顿国际银行伦敦分行的图书馆里,工人们为英国财政大臣的到访搭建了一个讲台。一排排的椅子摆放整齐,每把椅子上都放着装订精美的银行年度报告的复印件。为了及时完成这份报告,有的人连续工作了好几个晚上。电视台的摄像机也已就绪,镜头对准了英国财政大臣将会发表演讲的讲台。在讲台后面,一场紧急的对话正在悄声进行。

"太可怕了。"萨梅拉说,"我们能听到鲨鱼人吃掉她的声音。"

193

"他们怎么能这样做呢,博士?"安德鲁问,"我以为他们会按合同办事。如果你从未借过时间,他们就不能伤害你。我还以为……这都是我们的错。"

萨梅拉紧握了一会儿他的手以示安慰。

"听起来像是他们改变了运作方式。"博士说,"另外,你们有没有注意到,这附近一个鲨鱼人也没有?"

"是的,我们注意到了。"安德鲁说,"我们原以为他们会追上来,还以为自己要像你们那样一直逃跑。"他环顾四周。

一圈发光的橙色细线从娜迪亚的手表扩散出来,围绕在博士、罗瑞和艾米周围。萨梅拉和安德鲁则有些疑惑地看着娜迪亚。

"你们带了一个孩子……来满是外星人的银行?"萨梅拉问。

"我不是孩子,我是传播与营销部主管。"娜迪亚说。萨梅拉盯着她,然后耸了耸肩,决定接受这个说法。

"你认为他们有什么计划吗,博士?"罗瑞问。

博士耸耸肩,"也许吧。他们可能已经计划好了。"他绕过讲台后面的黑色幕布,朝场内瞥了一眼。

电视台的摄制组正在测试他们的设备。"喂,喂。"一个女人对着麦克风说话,"你那边听得见吗,史蒂夫?"

博士又把注意力转向中庭的中央,抬头看着那座扭曲的巨型玻璃雕塑。

"所以大家都知道我们要在这里做什么,对吗?"艾米说。

罗瑞点点头,"在每个人都戴上这些手表之前,我们必须让全世界知道究竟发生了什么。"

莱克星顿国际银行的员工开始陆续进入大厅。这个地方将会变得拥挤,没人能分清谁不应该出现在这里。

"那么,该我们上场了。"安德鲁说。

"我们走。"萨梅拉说着,朝靠近讲台的座位走去。

在幕布的另一边,两个西装革履的男人听到了刚才的对话。他们看到安德鲁和萨梅拉走过去,在讲台前面的椅子上坐了下来。

"多有趣啊。你说呢,辛明顿先生?"

"与一个看不见的实体对话。"

"不完全可见,辛明顿先生,不完全可见。"

"确实如此。时而隐约可见,时而完全消失。"

"真奇怪。"布伦金索普先生把头歪向一边,"你认为这会不会与那位博士有关?他的名字我们已经听过很多次了。"

"很多次,布伦金索普先生,但还远远不够。"

"我坚信我们需要听得更多。"

"找到他并真正地了解他。"

"没错。我猜,他会成为我们极其宝贵的朋友。"

"确实极其宝贵。"辛明顿先生笑着说。

17

当专车驶过圣保罗大教堂时,英国财政大臣快速过了一遍最终版演讲稿。总的来说,到目前为止,今年是不错的一年。从2007年的下半年开始,经济蓬勃振兴,金融城发展良好。在工作效率和工作与生活的平衡方面,莱克星顿国际银行成了典范,财政大臣对此很是满意。在这个最佳时期,这家银行将是发表演讲的最佳地点,他会谈一谈英国可持续经济的发展前景,以及繁荣与萧条周期的结束。他和助手核对时间,发现他们比计划提前了几分钟到达。好极了,先发表一个小时的演讲,然后与首相开会,接着,在处理一些红匣子[1]文件之前提前吃个晚餐。另外,他的妻子曾提到自己拥有了一块极好的手表,很想在当天晚上展示给他看。

专车在莱克星顿国际银行的后门外停了下来,伦敦分行的副总裁早已等候在此——凡妮莎·拉英-兰道尔不巧因急事被叫走

---

1. 外表与公文包相似,英国首相及政府官员用它来携带政府文件。

了——其他的一切流程则都井然有序。财政大臣与他握了握手，拍了张合影，然后在幕布后面准备了一会儿自己的演讲，确保稿子按正确的顺序放好。他还在后台看见一个穿着粗花呢外套的奇怪男人，一时有些纳闷儿。接着，有人一边引导他上台，一边小声说："大臣，请走这边，小心地上的电缆。"摄像机的灯光准备就绪，演讲即将开始。

为了等待表示"直播"的红灯亮起来，艾米在摄像机附近闲逛，漫不经心地与摄像师搭讪。博士告诉她，即使离娜迪亚几米远，鲨鱼人也看不见她，但也不能离得太远。没问题，她不用走多远，也想好了自己要做什么。

红灯亮了起来，摄像师伸出手指向讲台上的财政大臣示意。尽管演讲只通过议会新闻频道播出，但一旦他们听到艾米要说的话，消息就会传遍全世界。

"我很高兴，"财政大臣说，"今天能在这里发表演讲。莱克星顿国际银行不仅是行业典范，向世界各地的银行展示了应该如何经营业务，而且也是伦敦成为全球最大的金融中心的象征。莱克星顿对员工福利的承诺，以及为经济带来的价值……"

艾米突然挤开摄像师，一头冲进主过道。没人想要拦住她，因为坐在靠过道的所有高官和银行的高级员工对发生的事情感到非常困惑，还没来得及作出反应。财政大臣的发言变得有些结结巴巴，但他努力想要继续说下去。与此同时，艾米冲上讲台，站在了他的面前。

"伦敦金融城是我们经济的强大动力源，"他读着稿子，"正因为如此……"

"这些都是谎言！"艾米喊道，"外星人已经接管这里，还分发了像这样的手表。"她卷起袖子向大家展示。

"让她下去！"有人喊道，"快叫保安！"

两个穿着西装的男人一直安静地站在财政大臣身后，他们轻轻地拉住他的胳膊肘，领着他穿过幕布，走向等候在外的豪华轿车。他们受过良好的训练以应对这种突发状况。摄像师正在等待制作人的下一步指示。艾米意识到，对于正在观看直播的数百万名观众来说，她听起来一定是疯了。

"你们看！"她说着，把一名十岁的女孩拉到灯光下。在此之前，娜迪亚一直躲在讲台旁边。

两名保安快速穿过中庭，朝聚集的人群跑去。罗瑞和安德鲁敏捷地站出来，拦住了他们。安德鲁用椅子绊倒了其中一个，罗瑞则对另一个大喊大叫，让那人误以为身后出了什么事。他俩的行为足以让保安困惑一阵。

"娜迪亚，告诉大家发生在你身上的事情！"

娜迪亚直视着摄像机的镜头，把袖子拉了上去，让人们清楚地看到她那起泡的胳膊，以及还在喷出火花的手表。

"六个月前，"她说，"我还是四十岁。可是，我愚蠢地使用这个设备借来了时间。你们看看我现在的样子，"她生气地摇了摇手腕，"看着我！"

当娜迪亚对着镜头摇晃手腕时，她的手表喷出最后一串火花，在发出轻微的叹息声和一连串短促的滴答声后，表盘彻底停止运转。娜迪亚惊恐地盯着它。没人知道那究竟是因为晃动造成的，还是因为总是出故障的手表已变得十分脆弱，再也坚持不了多久了。

保安伸手把艾米从讲台上拉下来，环绕在她周围的橙色保护圈消失了。遍布于中庭和各个办公室的所有鲨鱼人，立刻将几十颗脑袋转向艾米。他们像捕食者嗅到血腥味儿一样，面无表情地盯着她，露出了锋利的牙齿。

萨梅拉意识到发生了什么事，看着鲨鱼人向艾米步步逼近，而后者正被灯光照得睁不开眼。

只剩下几秒钟了。这是向全世界展示的最后机会，而萨梅拉要抓住它。她跑上了讲台。

"你们看！"她对着摄像机说，"如果你们不相信她的话，那就看看这个，我现在要把借来的时间还回去。看着吧！"

萨梅拉盯着镜头，露出一副深思熟虑的表情。她把手表拿到眼前，按下了偿还时间的按钮。

本应该在三十五年里慢慢积累的损伤一瞬间聚集在她的身体里，所有经年累月形成的关节疼痛、肌腱硬化和肌肉酸痛，以及大大小小的所有痛苦，全都灾难性地落在了她的身上。她本来应该痛得叫出来，但已经没有力气了。她用一只手扶住讲台，注意到了手上的皱纹。

"这就是他们所做的事情。"她一直盯着摄像机说，"现在，他们冲我们来了。"

没有进行全盘计算，也没有经过深思熟虑，鲨鱼人——就像猫下意识地扑向一团棉线一样——出于本能地拥向艾米。他们嗅到了强烈的恐惧气味，步调一致地蜂拥而至。保安被鲨鱼人的人潮挤到了一边，无能为力。

艾米后退几步，拉着娜迪亚躲到了幕布后面。讲台的一边站着罗瑞，另一边站着安德鲁和萨梅拉，他们努力击退从四面八方围上来的鲨鱼人。在后台，艾米发现博士正将音速起子对准固定幕布的脚手架。

"你刚才讲得很好，庞德，非常简洁、直截了当地对全国人民发出了警告。我想，你也许可以考虑从政，如果……送吻使者[1]那份工作没有成功的话。"

---

1. 艾米在成为博士同伴前所做的工作，通常是在派对上替委托人向某人送吻。

"博士,他们来了!"

"我知道,"他冷静地说,"你去推那一头,我来推这一头。"他指了指脚手架的另一端。艾米和博士用尽全力往前一推,使得脚手架连带着黑色幕布一同倒了下去。艾米看到有九个或者十个鲨鱼人被砸中,在幕布下面挣扎着。

可是,还有更多的鲨鱼人正在赶来。罗瑞准备好相机,尝试在他们进门的时候按下快门,让装满鲨鱼人的泡泡把入口堵住。泡泡只维持了一会儿就意外坍塌了。更多的鲨鱼人正在赶来,数量变得越来越多。

安德鲁和萨梅拉正在赤手与鲨鱼人搏斗。他们并不容易被打倒,但也并非坚不可摧。安德鲁和萨梅拉把椅子和灯光设备扔了过去,一直努力阻止他们上前。萨梅拉虽然虚弱了许多,但仍用尽全力把一件摄像器材甩了出去。器材砸中一个鲨鱼人的嘴巴,紧接着,房间里有一半的鲨鱼人的嘴唇都开始流血,牙齿也缺了一块。萨梅拉盯着看了好一会儿才明白过来。

"如果其中一个受了伤,其余的都会受伤!"她喊道。

罗瑞朝一个逼近的鲨鱼人的膝盖狠狠踢了一脚,其他几个鲨鱼人也不同程度地受了伤,开始一瘸一拐地走着。

萨梅拉踩了离自己最近的鲨鱼人一脚,其他几个也都缩起了脚。

可是,他们还是源源不断地从四面八方飞快地发起攻击,似乎很快就能提前知晓接下来会发生什么。

"他们正在记住这些事!"博士喊道。这时,一个鲨鱼人完美地躲过罗瑞扔过来的昂贵摄像器材,而他身后的同伴接住器材,又把它扔了回去。

"你们看!快看站在房间边上的那几个!"

有几个鲨鱼人站在一旁,看上去不像其他同伴那般狼狈——他们的衣服一尘不染,脸上也没有伤口。其他鲨鱼人都在战斗中变得伤痕累累,但那些站在边上的鲨鱼人却安然无恙。

"他们是最早出现的一批!"博士喊道,"只要他们看到了,余下所有人便都会记住!"

博士佯装要往左跳,躲到书架背后,却转而跳到了桌子上。

"将你的相机瞄准那些鲨鱼人,罗瑞!这样会减慢所有鲨鱼人的速度!"

罗瑞把镜头转向站在边上的鲨鱼人。可就在这时,相机屏幕开始闪烁一条信息:**警告!仅剩一次机会,请谨慎选择你的浪漫时刻!**

他犹豫了一下,环顾四周,想找一个尽可能拍到最多鲨鱼人的地方。他问自己:"这究竟是不是使用相机的最佳时机?之后会不会遇到更紧急的情况呢?这很难说……"

鲨鱼人知道罗瑞会犹豫不决,毕竟,他之前就干过类似的事情。当他停下来盯着相机屏幕时,三个鲨鱼人向前一扑,把罗瑞推倒在地。

一个鲨鱼人牢牢抓住艾米,任凭她拼命挣扎、拳打脚踢。他的嘴咧得越来越大,开始朝艾米的肩膀逼近。

"不要!"罗瑞喊道。

其中一个鲨鱼人把手放在罗瑞的肩上。他们怎么能这么快就聚集在一起?

"合同条款写得很清楚,"辛明顿先生说,"而且她也同意了,所以条款必须履行。"他拉着艾米的手腕,敲了敲她的手表。发光的界面在空中闪烁,上面写着:**偿还时间总计二十一年零一个月又十六天。**

"但是,但是……合同可以重新谈判。"罗瑞哽咽了,深吸一口气,"我来替她偿还。"

鲨鱼人看着罗瑞,一副不动声色的阴沉表情。

"罗瑞,不要!"艾米说。

"我们是夫妻。"罗瑞轻声说,仿佛房间里只有他俩,"你的债就是我的债。"他盯着鲨鱼人说,"她的债就是我的债,我来替她偿还。"

"不,罗瑞。"艾米说,"你不能……你不能……这可是你生命中的二十多年,罗瑞,你不能……"

他耸耸肩,努力挤出微笑,"你一向喜欢年纪大的,"他朝博士点了点头,"你可能更喜欢老了二十多岁的我。"

鲨鱼人看了看罗瑞和艾米,把牙齿收了回去,变回人类形态。"根据条款规定,这笔交易是合法的。"他说。

鲨鱼人松开艾米,朝罗瑞走去。罗瑞伸出胳膊,深吸一口气,心想:"一次性偿还二十多年的时间一定很痛苦。"他闭上眼睛,没有看到博士敏捷地走过来,站在了自己前面。

"我不同意。"博士对鲨鱼人说。

"博士,"罗瑞说,"你帮不上忙。我们会想出办法的,他们不能从艾米那里拿走时间……"

"我想你会发现,"博士对鲨鱼人说,"你的老板将不再对这些小鱼小虾感兴趣,只要你转告她说……"他深吸一口气,"我对时间交易市场非常熟悉。"

所有打斗声都消失了,鲨鱼人静静地站在原地,一动不动。这时,电梯门开了。

凡妮莎·拉英-兰道尔趾高气扬地走出电梯。

"这一切到底是怎么回事?"她呵斥道,"这些人是谁?还有,博士,你又是谁?我刚刚接到施密特博士从苏黎世打来的电话,他说他的行程被耽搁了。所以,你究竟是谁?你想在我的银行里干什么?"

"我们知道你干了什么!"罗瑞冲着凡妮莎喊道,"我们知道关于手表、时间贷款,以及你的鲨鱼放贷人的一切事情!我们什么都知道,而且打算阻止你!"

凡妮莎又生气又困惑地看着罗瑞,"我完全不知道你在胡说些什么!"

"我们知道为什么自从你到来以后,银行的业绩转眼间提高了300%!"安德鲁喊道。

凡妮莎看上去更困惑了。

"我是一个高效的管理者。"她说,"节省运营成本、实行费用分析、采取激励制度……我采取的这一系列措施意味着——"

"没必要再撒谎了!"萨梅拉说,"大家都知道你对我做了什么。"

凡妮莎眨了眨眼睛,"对你做了什么?我都不认识你。我不知道你在说些什么。"

博士看着凡妮莎,"是的,"他说,"我想你的确不知道。"

他朝凡妮莎刚刚坐过的电梯走近一步。门还没关,一个小个子安静地等待着,半躲在电梯里。

"可是你知道,对吗,简?"他说。

凡妮莎的私人助理简·布莱斯从阴影里走了出来。

"我之前还很好奇,"她说,"你要花多长时间才会发现我?"

18

凡妮莎盯着她忠实的助理,那个不知疲倦助她登上顶峰的女人。她回想起自己每一次为工作发愁,想不出绝妙的主意时,总是发现简恰好帮她收集了所有相关文件;回想起简似乎总能在一个下午就做完五天的工作;回想起她总是那么不知疲倦、专注投入。

"简,"她说,"发生了什么事?你认识这些人吗?这是某种管理技能培训吗?"

"哦,给我闭嘴吧!"简怒斥道。

凡妮莎这辈子从未被别人这样说过,乖乖闭上了嘴。

"现在你可以放他们走了。"博士温和地说,"我们俩可以继续谈一谈你在这里做了什么——我相信这是必要的商业惯例——还有,"他朝抓着艾米的怪物点了点头,"你的鲨鱼也可以退下了。"

"噢,博士,"简说,"你真的一点也不知道这里发生了什么吗?你和凡妮莎一样蠢。"

"你怎么敢——"凡妮莎开口道。

"你真的以为这一切都是你的功劳吗?"简说,"就凭你的领导力、激励技巧,还有聪明的节省时间小窍门?比如关于在刷牙时更新待办事项清单的邮件?或者关于管理有效会议的诀窍?"

"总行高度赞扬了我的激励技巧,我——"

"你什么都不知道,一无所知。你真的以为你的激励技巧,可以让人们在一个下午就做完十天的工作吗?你真的以为你凭一己之力,就让这家银行在六个月内变成一台高效的机器吗?"

凡妮莎真的是这么认为的。"是的,"她说,"我……"她想不出接下来要说些什么,于是又闭上了嘴。

"毫无疑问,"简说,"你极其自大、盲目、傲慢、贪婪,正是我最乐意寄生的那类人。你一直是我完美的掩护,不过,现在我再也不需要你了。"

"等一下!"凡妮莎说。

"你没必要这样做!"博士喊道。

"噢,博士。"简说,"我是没必要,但我想这样做。"

其中一个鲨鱼人非常礼貌地把手搭在凡妮莎的肩上,他的嘴微微张开,里面的尖牙清晰可见。

"你不能……你不能伤害我。"凡妮莎说,"我从未戴过那些手表。"

"可你看到人们戴着手表,不是吗?"简说,"你看见了却什么都不说,也不想知道。没人想知道钱是如何赚到的,只想越赚越多。"

"可是我……没有合同约束,你不能对我做任何事。"

简微微一笑,从外套口袋里抽出一份薄薄的文件,"我请你签字的时候,你有没有想过要读一读这些信件?看到写着'在这里签名'的标记的时候,你有没有停下来想一想自己同意了什么条款?"

她展开那张纸,上面的标题是"时间转移合同",底部则是凡妮莎·拉英-兰道尔的签名。

凡妮莎想要挣脱鲨鱼人的控制,"你不能这样做!"她说,"在我为你做了那么多事之后,在我们一起爬到顶峰之后,你不能忽视这一切——"

"简,别这样做。"博士说,"别——"

"博士,除非你想让艾米代替她,否则就闭上你的嘴。"简说,"你根本不知道究竟发生了什么。"她转向凡妮莎,"毕竟,一名好助理总是比她的老板知道得多。"鲨鱼人的牙齿咬住凡妮莎的肩膀,她的皮肤开始皱缩起来。

凡妮莎的尖叫声变得越来越高,越来越细,然后变成了小声的哀号。接着,伴随着一声微弱的叹息,她干瘪的身体在鲨鱼人的撕咬下抽搐起来。她的空壳掉在地上,像沙子一样又轻又干。

中庭里一阵沉默。

终于,萨梅拉说:"你欺骗了我们。我们想要帮助你,你却骗了我们。"

"你理解得真快。"简说。

"你赢不了!"萨梅拉喊道,"全世界的人都看到了这次直播!大家都知道你干了什么,谁也不会再向你来借时间了。"

简看了看萨梅拉那张苍老的脸,"时间可没有好好待你,亲爱的。"

安德鲁伸出胳膊搂住萨梅拉的肩膀,"你现在骗不了任何人。"他说,"这个消息已经传遍了全世界。"

简摇摇头,"哦,"她说,"恐怕并没有。要知道,有一两个我们的人听到了你们的计划,因此切断了传输。只有这栋大楼里的人看到了你们的英勇举动。恐怕,你们的计划失败了。我们将会永远领先你们一步,毕竟时间旅行使得阴谋很难被挫败。"

萨梅拉盯着前方,努力不让眼泪掉下来。安德鲁跟她站在一起,紧紧搂着她。

"好了,博士。"简淡淡一笑,"回到时间交易市场的话题,你刚才和我尊敬的同事说了什么?"

"你真的指的是'同事'吗?只是我开始怀疑……"

"你很聪明。"

"你们都是同一个有机体,对吗?一头多尾,或者依照你的情况应该是一尾多头。你是最早出现的那个吗?"

简笑了，鲨鱼人也跟着笑了起来，一百多张伤痕累累的脸上露出令人不安的笑容。

"你真的非常聪明。我很乐意去找出你究竟是怎么发现这一切的……然后回到过去，确保你永远不会发现这一点。是的，我是第一个，这些都是我的……我该怎么称呼你们呢？"

"藤蔓？"一个辛明顿先生自告奋勇地说。

"复叶？"一个布伦金索普先生建议道。

"附肢？"另一个鲨鱼人提议。

"赘生物？"又有一个说。

"差不多吧。"简说着轻轻拍了拍一个鲨鱼人的胳膊，"我是树干，这些都是我的树枝。他们是不是很可爱？在时间里来来回回、反反复复，不断成长壮大，每一个新生儿都记得之前的同伴所经历的一切。你们会感到无聊吗，亲爱的？"

"一点也不无聊。"鲨鱼人笑着说，"我们都是为了团队的共同利益而一起工作，这不就是凡妮莎·拉英-兰道尔的座右铭吗？"

"非常正确。我们全是……"简说，"非常优秀的团队成员。好了，回到你刚才提到的那个美味的东西上吧，博士。"

"你是说糖浆馅饼[1]吗？我提到了这个？我不记得自己有没

---

1. 一种传统的英格兰甜品，主要由油酥脆饼和糖浆制成。

有说过,不过,糖浆馅饼的确很美味。那儿的雕塑真漂亮。"博士盯着中庭的玻璃雕塑说,"我一直在想,到底是什么如此吸引我?现在,我想我开始明白了,你并没有还清你自己欠下的大部分时间,对吧?你没有——"

一个鲨鱼人抓住艾米的左臂,把它扭到她的背后。艾米痛得尖叫起来。

"你继续说。"简说,"在时间交易市场,我有的是时间。"

博士盯着简看了一会儿,又转过身来看着罗瑞,后者还在晃动相机。艾米仍在鲨鱼人的手里挣扎着。

"罗瑞、艾米,"他说,"你们知道我绝对相信你们。"

"博士?"罗瑞担心地说。

"简,如果我把自己知道的全都告诉你,"博士说,"你会免除艾米的债务吗?你能让她恢复自由吗?"

"那得看你说了什么,博士。毕竟,她已经积累了相当可观的债务。"简轻触智能手机,猛地倒吸一口气,"天哪,欠了二十五年!你认为你能帮她还清这笔债务吗,博士?"

博士耸耸肩,"如果我答应偿还她所欠的时间,并把我知道的事告诉你,你会放过她吗?"

简耸耸肩,"我看没什么不可以的。好了,你说吧。"

"你先放开她。"

抓着艾米的鲨鱼人把她拉到博士那里,将戴着手表的那只胳膊伸给他。

"为了表明你会偿还此人的时间债务,并同意全部由自己承担,请按这里。"

手表上的一个按钮亮了起来。

"小心点,博士。"简说,"要知道,一次性失去二十五年会很痛苦。"

博士直视着简的眼睛,按下了按钮。

表带解开了,手表掉在地上,玻璃表盘在大理石瓷砖上摔得四分五裂。

博士没有退缩。

"可是你……"简眨了眨眼睛,向他迈了一步,"你并没有变老。"自从暴露身份以来,她第一次显露出不自信的神色。

博士看上去有些尴尬,但什么也没说。艾米想知道他是不是透露得太多了。

现在,所有鲨鱼人都盯着博士。罗瑞注意到,他们的动作完全一致:吸气、吐气、吸气、吐气,胸口起起伏伏,因兴奋而显得呼吸急促。

简走到博士跟前,恭敬地轻轻碰了碰他的袖口和手背。

"这不可能。他们告诉我你们全都消失了,"她说,"还发誓说一个也不剩了。永远不再出现,也永远不曾存在。"

"喂,"博士说着把手抽了回去,"别乱摸,也别听到什么都信。"

"你是……"

博士耸耸肩，"是的，我知道，我是独角兽。"

简惊呆了，低语道："你是时间领主。我没想到你会活这么久。"

大楼里的鲨鱼人重新换了站位，他们并没有移动，更像是突然就处在这些新的位置上。他们站在出口的对面和简的两侧，全都正对着博士，眼睛里似乎看不见别的东西。

"博士，怎么了？"艾米问。

博士对她笑了笑，"我想我们的朋友——也就是时间捕手——刚刚想出了如何在市场上大赚一笔的办法。"

"只不过是例行公事，博士。"简说，"你我都明白，没有任何有形的牢笼能锁住你。这就像一个二维的生物绕着你的脚画了一个圈，误以为自己已经把你困住了一样。"

"我不这么认为，"博士说，"得看上的是什么锁。"

"可是你……"

博士叹了口气，"那就走吧。不要再傻站着了，我又不是马戏团的怪物。让我想想……如果我戴上手表，你愿意放过安德鲁吗？"

"你会戴上……我不明白你的意思。"

"我想不出还有什么更简单的办法了。安德鲁欠你五万五千年的时间，可能在过去的几个小时又涨了一些。距离上一次检查安德鲁的手表过去多久了？有没有五个小时？也许他欠你的时间已经变成了十万年，毕竟利息滚得很快。这么说吧，你给我戴上一块手表，径直接入我的时间流。作为交换，你要免除安德鲁的债务。然后我们再谈一谈余下的人类——显然，我不会低估自己的价值。"

"我……"简欲言又止。她示意一个鲨鱼人从口袋里掏出一块手表，戴在了博士的手腕上。鲨鱼人的动作非常轻柔、小心翼翼，仿佛担心自己落入某种陷阱。安德鲁的表带解开了，在手表摔到地上之前，他成功接住了它。

"把你的给我吧，安德鲁。"博士说着，把安德鲁取下的手表戴在自己的右手腕上。

"博士，你在干什么？"艾米喃喃道。

博士耸耸肩，"至少你们现在都自由了。鲨鱼人不能再对你们做任何事，因为你们不欠他们时间了。当然，他们可以攻击你们，但无法突然夺走你们的全部时间。还有……"博士指着那座巨型玻璃雕塑，把声音压得很低，只让艾米听见，"我怀疑那个也许是被萨梅拉称为'流动基金'的东西，你可以把剩下的也琢磨出来。真不知道没有我你们可怎么办，艾米。"他又提高了音量，"但我知道，不管那是什么，它都好到爆。"

两个鲨鱼人分别把冰冷的手放在博士的肩膀上。

"你现在真的得跟我们走了，博士。"简说，"我知道有些人见到你会非常兴奋。"

艾米眼看着简和她的鲨鱼人大军把博士压到中庭的另一端。她曾经历过心碎、痛苦，甚至绝望，但那都比不上现在这种悲伤的感觉，仿佛心里空荡荡的。

"你觉得他们要把他带到哪儿去？"罗瑞悄声说。

艾米耸耸肩。

在中庭的另一端，一个鲨鱼人意外礼貌地拍了拍博士，从后者的口袋里拿出几样东西，把它们放在地上，然后转身对简点了点头。

艾米原以为他们会走出银行，或者召唤一艘宇宙飞船什么的。但是，她意识到，自己又开始肤浅地思考了——大脑的这个习惯真是恼人。当他们走到大楼的另一边时，简拨动了一下博士的手表，他们便凭空消失了。只剩一小堆博士的物品————一个苹果、几根细绳、一个滑哨[1]和音速起子——留在原地。

"带到哪儿去并不重要，"艾米说着，低头看了看那堆令人难过的物品，"重要的是，带去什么时期？"

---

1. 又称活塞笛或者爵士笛，是一种管乐器，由像竖笛的哨子、管、活塞组成，发音同木管乐器，往管中吹气，通过抽拉活塞来改变音高。

大楼里的人差不多都离开了,警方封锁了外面的街道,现在正在找保安、摄制组和高级员工问话。没有人在意初级员工,因此许多人已经离开了。即使萨梅拉的自我牺牲之举只出现在了大楼会议室的电视上,对于每一个借用了时间的银行员工来说,这也足以让他们明白发生了什么不好的事情。就算有的人从未借过任何时间,他们也明白在财政大臣发表演讲时,银行陷入了一片严重的混乱。这也意味着,没有人会注意到他们提前溜走了,而他们便有时间去处理一些更重要的事情,比如花点时间与孩子待在一起,连续睡足四个小时以上,或者去找医生看看复发性胸痛。

鲨鱼人似乎也消失了,除了还有十几个守在大楼周围的重点区域。艾米、罗瑞、萨梅拉和安德鲁发现他们可以在大厅里随意走动,但郁郁寡欢的他们还是选择待在安德鲁的办公室里。

"他交给了我们一项任务。"艾米说。

"他可能已经死了。"罗瑞说。

"他没死。"艾米说。

"他可能——"罗瑞说。

"我很清楚。"艾米说,"如果他死了,我会知道的,好吗?但他没有死。"

安德鲁望着中庭的玻璃雕塑。

"所以,我们应该做些什么,比如,摧毁某种先进的外星技术?"安德鲁说。艾米注意到,尽管萨梅拉已经六十五岁了,安德鲁的手仍然随意地搭在她的肩上,看上去两人建立了某种友谊。

"这样做有什么用?她都把博士带走了。"罗瑞说。

艾米耸耸肩。

"博士还提到了流动基金,"她说,"但我不知道那是什么。"

安德鲁和萨梅拉互相对望一眼。

"某种……流动基金……"安德鲁喃喃地说。

"这说得通。"萨梅拉说。

"什么东西?"罗瑞说。

"你们看,"萨梅拉说,"简还没有把所有的时间都追回来,不是吗?大多数人仍然戴着手表,并且能完全正常地四处走动。他们可能已经欠了五万五千年,"她看到安德鲁的表情有些痛苦,"但到目前为止,他们连一分钟也没有偿还过,对吧?"

"对。"

"所以,这就有点像是她虽然'拥有'那些时间——在某种意义上来说,人们欠她的时间——但却不能使用它,因为她实际上并没有得到那些时间……时间就像被冻结成了固体,无法像液体那样流动。"

"是的!"艾米终于明白了,"那她是如何穿越时间的呢?鲨鱼人又是如何在时间中来来回回的?她没法用自己收回的那一点时间完成所有这些事情。"

"她一定早已积攒了一些时间。"安德鲁说,"也许是她以前收回的,也许是从别的什么地方借来的,比如时间交易市场?这不重要,关键是她需要一部分可以真正供她使用的时间,也就是流动基金。"

"所以,如果我们打碎那座雕塑……"艾米说,"我不知道具体怎么做——我们会想出办法的——但如果我们把它打碎了……"

"这不会改变很多人仍然欠着她时间的事实。"萨梅拉说。

"但可能会给她的行动带来一些不便,甚至可以摆脱一些鲨鱼人。"安德鲁说。

"资产流动危机,"萨梅拉说,"可以变得非常严重。"

"但说实在的,雕塑是受到保护的,不是吗?"罗瑞说。

萨梅拉点点头,"他说得有道理。它拥有先进的技术。"

"真的很先进。"安德鲁说,"我们完全不明白雕塑是如何运作的。"

"你桌子上的那个东西是什么?"艾米说。

安德鲁瞥了一眼办公桌,他心爱的电子书阅读器包着保护套,放在一叠文件上。他攒够了钱才买下那个阅读器,通勤时其他乘客羡慕的目光给了他巨大的快乐。

"你是说我的电子书阅读器吗?"他说。

"你知道它是如何运作的吗?"艾米说。

"我……嗯……像电脑一样？可以触摸操作？"

"但你不知道它的内部是如何运作的吧？"

安德鲁摇了摇头，"但那不一样，那是……"

艾米一把抓起电子书阅读器，用双手举过头顶，在其他人还没反应过来之前，把它重重地摔在桌子的边缘上。

随着砰的一声巨响，屏幕裂成碎片，小片的玻璃飞了出来。艾米把阅读器翻过来拿在手里。它完全被摧毁了，屏幕的一角掉了一半。安德鲁瞪大了眼睛，难以置信地看着她。

"你不知道某样东西是如何运作的，"她说，"并不意味着你不能破坏它。别这样看着我。"她对安德鲁说，"你欠外星人五万五千年，这个阅读器只是附带损害。走吧，我们去把雕塑打碎。"

19

显示屏上漆黑一片。一串数字偶尔滚过,速度快得无法被人类的肉眼捕捉。从某种意义上来说,屏幕一直都是黑的。不过,"一直"是一个相对的概念,在极短的时间内可以发生很多事情,只是变化过于快速而无法用人类的标准来衡量。有时候,数字会突然变得异常活跃,但屏幕通常都是黑的。

显示屏安装在中庭周围。这里空无一物,或者说,通常如此。有时,在极其短暂的时间内,中庭会变得十分拥挤。要不是使用了非常先进的跨维度物理技术,这里可能已经挤得满满当当了。

通常,没有人在大厅里待很长时间。巨型玻璃穹顶散发着微光,高大的拱形窗户外有三轮血红色的月亮挂在天空。这里曾经发生的一切都留在了过去。偶尔有人会来检查一遍,以确保一切维持原样。一圈时间警戒线被设置在中庭周围。

可惜,时间旅行远比这复杂得多,就连影子宣言[1]也未能完

---

1. 外太空警察,博士有时也会向他们移交罪犯。

全明白这一点——由一群有着极高学位的专家组成的聪明团队,能通过重新包装时间做些什么?大量的时间工程设计和会计事务投入进来,以确保这里发生的一切都留在过去。

一旦你能放慢时间,便差不多可以实现任何事情。

时间交易市场将会在银河标准时间24:26:95:01:03和24:26:95:01:04之间开放,这意味着,某些工作需要提前进行准备。在主观日,参与者早已到达这里或设置好了远程连线,市场交易员也制订好了交易规则。由于交易完全违法,这一切受到严格保密。他们不慌不忙,至少还要两毫秒,两边的市场交易窗口才会打开。听说这次有什么特别的东西要入场,他们想要大赚一笔。

等时间一到,一个由玻璃制成的平台从时间交易市场的中央升起。在平台周围,摆放着一排排玻璃砖,每一块的中心都有一颗跳动的"心脏",时间的波纹正在慢慢累积。在场的大多数生物都能读出玻璃砖的信息,就像安德鲁·布朗阅读报纸一样轻松。这些玻璃砖记录的信息非常详尽,他们能感觉到,时间正在里面产生。不过,最令人瞩目的物品还没有展示给所有人。

升起的平台上还竖着一块薄薄的玻璃板,其屏幕能从正反面同时观看。在极其短暂的一毫秒内,整个大厅挤满了交易员。这块屏幕以及环绕大厅的所有显示屏亮了起来,上面出现了从储藏库转播的同一个画面——在地球伦敦的千禧穹顶下,一个男人被牢牢绑在一台时间捕捉椅上。大厅里有人飞快地倒吸一口气。其中一些人还保留着直觉,在被告知那人的身份之前,他们已经知道自己看到了什么。

"这是,"那个自称简·布莱斯的人介绍说,"最后一位时间领主。"

她的脸出现在屏幕的角落,嘴角挂着一丝微笑。

"他是在时间大战后幸存下来的最后一位时间领主。"她说,"诸位愿意出多少钱?"

大厅里的喊价声此起彼伏,像是某种哀伤痛苦的喊叫,介于悲伤、渴望和疯狂兴奋的歇斯底里之间。然后,交易开始了。

初期的喊价不免一阵混乱,这很正常。在不确定简·布莱斯是否想卖出时间领主之前,第一轮喊价能大致了解各位买家愿意出多少钱,也就是估价。这些生物居住在大约五个宜居星系中,这些星系总共有大约千万亿个生命。然而,没有一个想到了那个显而易见的问题。

"这位时间领主有多少岁?我们怎么知道他不是冒牌货?"几个出价最高的买主同时发出信息。

没人敢欺诈交易,因为处罚极其严厉,而且在时间上的代价非常惨痛,大多数人都不会轻易尝试。不过,如果那是时间领主呢？一个几乎没怎么用过的时间领主？可观的收益足以使某些年轻的蠢货冒险一试。

"你是怎么找到他的？"有人问。

"你用什么买下了他？"另一个问。

"我们在哪儿可以找到另一个？"有人开玩笑说。

最终,来自时间交易市场的一位资深交易员问了一个问题。对他来说,往事历历在目。他还记得,这里曾经交易过重生的能力,所售之物像杂货店货架上的苹果一样垒得高高的。那时候,一些叛逆的时间领主会冒着巨大的风险,在这个极其上流的房间里购买肮脏的时间。他用发黄的爪子在键盘上输入一条消息,提出的要求出现在公共屏幕上:**让这位时间领主发言。**

这个要求极不寻常。没错,这是一个买卖生命的市场,但生命是被混合在一起进行交易的,就如同把一条条生命压成了一块馅饼。没人想见单个的生命,也没人想听他说话——万一他提出反对呢?当然,就算要反对,也该在签署合同和借用时间之前提出来,谁叫他借得太多,以至于需要付出生命的代价呢?在此之前,被交易的生命还从来没有发过言。

不过,这是一个特殊情况。十几个不同的交易员——来自市场的元老级人物——立刻召开会议,最终达成了一致。在这种情况下,考虑到时间捕手使用时间领主作为她各种借债的抵押品,这似乎是最明智的决定。消息传送出来:**同意,让时间领主发言。**

有些事情显而易见，它们如此明显，以至于你很难想象自己以前怎么会无视掉这些事情。比如在窗帘图案中看到一张脸，比如发现自己一直把某个读音念错，又比如幻想房价会永远上涨并把所有的钱砸在上面……有些漏洞则难以发现，而一旦你看到了，便很难想象负责人怎么也没发现。你甚至无法相信，他们竟然还没有采取措施，以防有人对这些漏洞加以利用。系统中的一些漏洞如此之大，以至于让你再也注意不到其他东西了。

"他们一定想到了这一点。"安德鲁说，汗涔涔的双手握着金属把手，"比如建个力场什么的。"

"大家再加把劲！"艾米在指挥行动，也意味着她实际上没有抬任何东西，就连萨梅拉和十岁的娜迪亚都各自抬着几个金属抽屉，"我们必须尽快完成，否则他们会发现我们，然后回到这个时间点来阻止我们。"

"可是，"罗瑞用从收发室顺来的绳子缠住文件柜，一边拉紧一边说，"既然他们不在这儿，那不就意味着他们肯定不会来阻止我们吗？"

艾米睁大眼睛狠狠地瞪了他一眼，"并不是这样，"她说，"你是知道的。如果他们来了，我们就会拥有两段现在的记忆。不管怎么说，他们随时都可能过来，所以，快拉吧！"

可以确定的是，他们没有办法在中庭大厅里把玻璃雕塑打碎。

娜迪亚前去打探时，看见鲨鱼人绕着雕塑站了一圈，像水中的鱼群一样穿进穿出、快速移动，一遍又一遍地融为一体又再次分离。雕塑的顶端穿过大楼中庭，一直延伸到八楼。从每间办公室向外看，你都能看到雕塑，而在第十层楼——已被废弃的高管层——你可以直接越过巨大的圆形露台俯视它。这里无人看守，只有齐腰高的栏杆。

当看到布莱恩·埃德尔曼倒下的时候，艾米正站在那根栏杆旁边。她往下望去，看到雕塑的中心闪烁着微光。那时，她就好奇为什么没有人扔块砖头下去。正因为如此，她想出了这个主意。

"还有多远？"罗瑞喘着气说。

艾米噘起嘴，眯着眼睛看了看过道，"也许还有六米？"

罗瑞和安德鲁异口同声地抱怨起来。

"你们能行！"萨梅拉说着，又用力拉了一下缠着文件柜的绳子。这是他们所能找到的最大最重的文件柜，用来砸东西很合适，但就是不太容易移动。

"加油，"娜迪亚说，"不然他们会发现我们！"

"哎呀。"一个布伦金索普先生在她身后轻声说。

当然，这场谈话很不寻常，任何能够进行时间旅行的生物都不会以正常的方式进行谈判——既然可以预知对方的立场并提前准备，又何必老老实实呢？

经过系统筛选，不合适的问题会被改到令人满意为止。简仔细审查着博士的每一个回答，一旦她觉得不满意，便会回到过去让他重新回答。在同样一小段时间内，他一遍又一遍地回答着同一个问题。

"你难道不觉得，"博士问，"在时间中精心制造一个完美的时刻很无聊吗？你就不能像其他人那样等着看会发生什么事吗？"

简耸耸肩，"在差不多每件事上，时间领主都会推卸责任，为什么你要继续装成正常的样子？"

"我没有装，"博士说，"我从来没有装过。在宇宙中，几乎每个人都在朝前看，在完成这一件事后再做下一件，然后又一件。他们没有第二次机会，也没有回头路，而是一直向前走，到头来也会更好。事物总要新陈代谢，就像重生一样。你在这种一成不变的循环中活了多久了？"

她再次命令道："向我证明你是一个时间领主。"

"不。"他说。

她又回到过去问了一遍。

突然间，不断增加的鲨鱼人把他们团团围住。这些生物彼此窃窃私语，有些变成了人类，有些变成了鲨鱼，有些则介于以上两种形态之间。

"我确实认为，"一个辛明顿先生说，"企图破坏私人财产的行为肯定构成违约。"

"即便没有，"一个布伦金索普先生说，"这也是我们应尽的公民义务。"

艾米疯狂地环顾四周，鲨鱼人正从身后的过道两头逼近，很快就要抓住自己了。

"罗瑞！把相机扔给我！"艾米喊道，"我们没时间了！"

"鲨鱼人的数量太多了！"罗瑞喊道，"相机只剩一次拍照机会了！"

艾米盯着他说："我有个主意。"

他把相机扔给她，同时踢了某个鲨鱼人一脚。

艾米抓住相机，并没有把镜头对准扑上来的鲨鱼人，而是对着自己、罗瑞、安德鲁、萨梅拉、娜迪亚，以及文件柜。她按下快门，但没有松手，而是拿着相机跑了起来。

她朝露台边缘跑去，不敢回头看自己的办法是否奏效。到达露台之后，她把手尽可能远地伸出栏杆，把相机扔了下去。相机悬在半空中，被自己制造的"超级幸运浪漫泡泡"包裹起来。她回头看了看，这办法奏效了。

这个泡泡并没有形成球体，而是一条长长的摇晃的管道，从罗瑞他们所站的位置开始，一直延伸到露台并越过栏杆。相机就悬挂在玻璃雕塑的正上方。

在泡泡外面,鲨鱼人怒不可遏、咬牙切齿地以慢动作移动。当然,艾米想,相机延长了这一时刻,因此外面的事物看起来动作变慢了;而对鲨鱼人来说,艾米他们看起来则像是以飞快的速度工作着。

罗瑞和安德鲁看着他们周围的泡泡管道。

"哇!"罗瑞说,"这办法真聪明。"

"太神奇了!"娜迪亚说着,用手、脚还有舌头戳着泡泡。

"我没想到这办法奏效了。"艾米说。

"这又是什么……外星技术吗?"安德鲁说。

"不,"艾米说,"这是来自51世纪的地球技术。快点,大家加油干,泡泡随时可能坍塌!"

"你从时间交易市场上借了很多时间,对吗?"博士说。这是从未发生过的许多次谈话中的某一次。

简耸耸肩,"杠杆交易。有了你,我可以把一切都还清,还能剩下不少。"

"这就是你能够穿越时间的原因。要把我们俩传送到这里来,光靠地球上所有人偿还的时间还远远不够。你借的时间比合同上实际有效的时间还要多。"

"人们觉得物有所值,所以愿意花钱。现在,时间交易市场的所有买主都愿意为那些合同还有你花很多钱。"

博士笑了笑，什么也没说。

简再次回到过去问了一遍。

事实上，在相机的最后一个时间泡坍塌之前，还剩下三个主观小时。在这么长的时间里，罗瑞开始大声抱怨，说艾米把他们催得太紧了，最后自己也说累了；娜迪亚把文件柜里的纸张叠成纸环自娱自乐，然后开始怀疑自己到底是小时候做过这种事，还是大脑正在退化；安德鲁和萨梅拉则在一旁小声交谈了很长时间，罗瑞的大嗓门确保艾米没有听到他俩说的话。最重要的是，他们有充足的时间把文件柜翻过栏杆，使它悬在非常易碎的玻璃雕塑上方。

他们考虑过把相机拿回来。相机正好悬在够不着的地方，屏幕上时不时显示出"**超级幸运浪漫的日子！**"的信息，甚至还有一段音乐响了起来。艾米确信它以前从未这样做过——也许是为了让人们忽视短暂的电池寿命而引入的新功能。他们觉得，顺着泡泡管道爬出去拿相机还是太危险了，万一力场恰好瓦解了呢？

"如果相机拥有感情的话，"艾米说，"我想，它会乐意为拯救地球的未来完成自己的使命。"

当泡泡开始坍塌的时候，这一过程似乎既慢得让人不可思议，又快得令人应接不暇。

透过泡泡看出去，鲨鱼人的慢动作令人昏昏欲睡，仿佛他们待在水族馆或者鲨鱼笼里似的。

"当你不用逃命的时候,你会发现他们很有趣。"罗瑞说,"你们看没看见,他们在变成鲨鱼人的时候,是如何长出鳃的?而且他们完全不需要待在水里。你们认为——"

"**超级幸运浪漫时刻快要结束了!**"相机愉快地提醒道,"**请穿上裤子!**"

"那东西总是发出声音吗?"艾米说。

"它刚才是不是说了句'穿上裤子'?"罗瑞说。

紧接着,晃动的泡泡管道闪着微光慢慢坍塌,慢动作的鲨鱼人也开始加速。随着微弱的砰的一声,泡泡破裂了。相机和文件柜开始下落,鲨鱼人则发出惊人的怒吼朝他们扑来。

这一切都在同时进行。

相机一边播放着欢乐的幸运浪漫小调,一边叮叮当当地顺着玻璃雕塑的一侧往下掉,最后落在大理石地面上摔了个粉碎。后来,联合情报特派组[1]花了整整十八个月的时间,想把数以千计的齿轮和小零件恢复成原样,却无果而终。

一对鲨鱼人抓住艾米,把她按倒在地。

"你给我们添了不少麻烦,庞德女士。"其中一个说。

"但再也不会了。"另一个说。

---

1. 曾在《神秘博士》剧集中出现的地球军事小组,负责处理世界上一切离奇、未解之案。

231

艾米尖叫着挣扎起来，对鲨鱼人拳打脚踢。一个鲨鱼人低下头，准备去咬她的胳膊。她现在才意识到，自己被大口夺走的东西比血液还要珍贵。艾米感觉自己越来越虚弱，眼前的世界也越来越昏暗。她大声呼救，但罗瑞、安德鲁、萨梅拉，甚至娜迪亚都已成为鲨鱼人的食物。

摇摇欲坠的文件柜慢慢失去平衡，翻过栏杆掉了下来。十几个鲨鱼人竭尽所能想要阻止这一切发生，但已经来不及了。柜顶的一个尖角最先碰到玻璃雕塑，在上面砸出一条巨大的裂缝。文件柜微微回弹，然后带着全部的重量再次倒了下去。它砸开雕塑的顶端，朝着中心一路向下。巨大锋利的玻璃碎片四处飞溅，落在了周围的办公室内。文件柜继续下落，砸中雕塑的核心，彻底熄灭了那团微弱的闪光。一股温暖的能量被释放出来，炸碎了一楼的每一扇窗户，也使得留在大楼里的三百二十六个人全部年轻了大约十七个月。

突然，一声巨大的闷响传了出来，就好像有一百万个纸箱同时被人压扁了。

所有鲨鱼人瞬间消失不见，仿佛他们一开始就不存在似的。

与此同时，在平台那块玻璃板的屏幕上，简绊了一跤。在血红色月亮无情的凝视下，她眨了眨眼睛，说话开始结巴，脑子里一片混乱。她的好日子到头了。

"时间交易市场的交易员们!"屏幕上的博士对急不可耐、推推搡搡的人群说。

简试着让自己冷静下来,回到过去以阻止博士发言,但已经没有多余的时间了。她甚至没有充足的时间逃跑,更不用说维持那些错综复杂的时间"二重身"。她孤身一人在时间中前行——永远向前且无法回头——这种感觉让她喘不过气。

"交易员们,请听我说。"博士说,"我不知道这个女人对你们说了什么,但我想非常明确地告诉你们,我不是时间领主。"他停顿了一下,轻轻一笑,"我甚至都不知道时间领主是什么。"

交易大厅里一片死寂。

"他在说谎!"简勉强用沙哑的声音说。

"我没有。其实,是她在说谎,而且我能证明给你们看。你们看一看她在市场上出售的其他商品,看仔细了!看见那些玻璃砖了吗?"

博士的周围堆满了玻璃砖。有些被转移到了交易大厅,有些则放在储藏库更里面的架子上。交易员可以在屏幕上浏览那些账户的汇总信息——总量相当可观。

"它们看起来相当不错,对吗?不仅拥有非常丰厚的利息,而且没有任何贷款违约的风险。她将靠那些玻璃砖大赚一笔。但是,让我们看看其中一个账户……不如就这个吧……我的口袋里恰好有块手表,它记录了一个叫作安德鲁·布朗的人的债务。什么？他欠了十万年？"

博士把手表举起来，让所有人都能看到表盘。当然，他说得没错。

"我想，你们都一致认为，在简用来交易的账户中，这是一笔非常普通的债务。"

交易员们看着屏幕。十万年虽然是一笔巨额债务，但根据简提供的简报，这只占人类正常寿命的10%左右，人类大可轻松偿还。如果还不上，合同的所有者也可以废除他们的生命赎回权。这纯粹是一次商业交易，操作简单，公开透明。

"现在，请你们查询一下信息系统。"

"不！"简喊道，"不，不要！他在说谎，别听他的话，他只是想分散你们的注意力以便逃跑。"

"请你们查询一下信息系统，"博士重复道，"我知道你们侵入了所有机密网络。查询一下人类的正常寿命是多少年？"

上千只爪子、触手或伪足开始在屏幕上查询信息，这些生物又花了一会儿时间理解自己正在读的内容。

当终于明白简在市场上交易的那些商品毫无价值后，他们齐声高喊："抛售！抛售！抛售！"刺耳嘈杂的叫喊声越来越大。

20

在时间交易市场有史以来的记忆中,已经很久没有出现交易员跑路的情况了。谁也不知道还会发生什么事。在市场上,简的身价一落千丈,累计出售的合同也变得一文不值。交易员付钱给其他同事以便把合同脱手,生怕当天交易结束时再出什么岔子。

不过,市场还算有章可循。当某个被延长的时刻来临时——也就不到一秒钟——简再也不能履行她对市场的义务了。她在市场上的身价如此之低,以至于再也无法使用基本的时间旅行能力来继续交易。她整个人开始消散,之前做过的那些事,以及给人们戴上手表的鲨鱼人全都不复存在。博士看到,在储藏库的另一端,一些玻璃砖渐渐消失了。时间正在自我消除所有影响。

简也目睹了这一切。她透过屏幕向交易员恳求停止交易,让他们相信自己。没错,她是在人类的寿命方面说了谎,但这里的确有一位真正的时间领主,可能是族群中的最后一个。这位时间领主还有一台自己的塔迪斯,如果能打开它,她就可以到访所有时间——无论过去还是未来。只要这些交易员能够停下来听她说话，静静听着就好。

但为时已晚。恐慌在市场上蔓延，交易员失去理智，变得疯狂起来。他们已经被简骗过一次，要是没有发现这个骗局，他们还会相信其他什么谎言？还有多少包装成纯金的商品实际上只是闪闪发光的沙子？他们试着把手里的合同卖出，可无人问津；他们又试着追回旧债，却突然怀疑它是否真如他们想象的那么值钱。

然后，不知怎的，时间领主恢复了自由。

没人知道这一切是怎么发生的。有人说，他看到博士把一只手伸到时间捕捉椅的座位下面，拿出了一个像笔一样的激光装置；又有人认为这显然不可能，因为储藏库戒备森严，博士藏不了任何东西。由于每个人都把更多的注意力放在自己迅速缩水的资产上，关于博士是如何脱身的问题也就不了了之。

相比之下，简却几乎动弹不得。她在时间中忽隐忽现，随着控制能力的下降而变得越来越模糊。在博士的注视下，她突然从房间里消失了，就好像从未出现过一样。

博士看着屏幕，交易大厅仍然一片混乱。他清了清嗓子。

"你们好。"他说，"我是博士，我是来帮忙的。"

时间市场突然安静下来。

"我一般不会帮忙。"他说，"通常，我会让你们自食其果——无意冒犯那些会结果子的生物，你们知道我的意思。通常，我会一走了之，就像时间大战那会儿一样置身事外。我们都知道是谁的肮脏勾当使那场战争持续了那么久,而大战本应该提早许多许多年结束的,不是吗?"他把声音压得很低,"我们也心知肚明,为什么影子宣言早在数百年前就禁止了这项令人作呕的商业活动。"

听完这番话,有些人忍不住嘀咕了几句,似乎在提出抗议。博士的声音盖过了他们。

"话虽如此,"他说,"但我相当关心的一颗星球也卷入其中。我并不关心你们中的哪个人濒临破产,我关心的是你们想让彼此破产。因此,在你们这样做之前,谁愿意把自己剩下的地球时间合同卖给我?就按每十年付一秒钟来算?"

在短暂的停顿之后——需要遥遥领先于地球技术的钟表才能测出这么短的时间——大量的报价涌了过来,博士很快就得意地拥有了储藏库里仅剩的几块玻璃砖。

在莱克星顿国际银行,没有人知道这座雕塑是怎么被打碎的。说实话,没有一位高管记得一开始是谁把它放在这儿的。有些人产生了模糊不清的记忆,感觉更像是做了一场梦。对他们而言,有些事情似曾相识,但又不大可能发生,因此不值一提。

警察很快赶来,以火炬木小组的名义封锁了现场。他们与二十分钟后赶来的一群士兵展开了长时间的交涉,后者声称自己来自联合情报特派组,奉首相之命并根据财政大臣提供的信息控制该区域。

银行的高管认为，最好的办法是把此事当成疑似气体泄漏事件，这样既找出了爆炸的原因，又解释了许多人在爆炸前几天产生的奇怪记忆。他们还宣称，每一位员工都将拥有一周的假期来好好休整。

即使有少数人还记得这一切——那些在雕塑被砸碎后仍戴着时间捕捉手表的人——也发现手表可以取下来了。表盘上显示着"合同作废"几个字，而不管他们怎么摆弄或者修理手表，它只会在信息彻底消失之前显示这样一行字：**作为您的合同所有者，来自迦里弗莱的博士已经免除您的债务。**

在银行顶层的一间废弃办公室里，五颜六色的便利贴散落四处。有五个人正坐在里面：一对年轻夫妇、一个三十多岁的男人、一个六十多岁的女人，还有一个十岁的女孩，他们看上去就像是在地上睡了一两个晚上。

"已经过去两天了。"罗瑞说，"我们不能靠吃三明治永远待在这里。"

"欢迎你们来和我一起住，"安德鲁说，"直到我们想好该怎么办。"

艾米摇摇头，"塔迪斯还在这里。他会回来的，我知道他会。看看你们部门那些人的手表上写的那条信息。他会回来的。"

"万一他回不来呢？"罗瑞说，"万一他被困在另一颗星球上怎么办？听着，情况可能更糟糕，我们可能也会困在另一颗星球上，但至少这里是地球！好吧，我们也许会撞上过去的自己，但没关系……我认为我们不应该在这里待太久。"

娜迪亚把一些文件踢着玩儿，她知道自己不是十岁的孩子，但大脑却不这么认为。她发现自己对这些愚蠢的对话感到越来越厌烦了。

"我该怎么办？"她说，"我将不得不重新度过青春期。"

有人在门口清了清嗓子。

"对不起，我迟到了。"博士说，"我忘了时间。"

大多数时间里，他们互相拥抱着。

突然，艾米说："你怎么花了这么长时间？"

"我怎么花了这么长时间？简把我带回了五年多以前，还把我的影像传到了几千年之前。为了等到你们，我靠挫败一些企图消灭人类的阴谋来消磨时间，但大多数时候还是等待这一切过去。"博士说，"你们怎么花了这么长时间？"

"时间旅行，"罗瑞说，"真令人困惑，不是吗？"

每个人讲完自己的故事后，就只剩一件事要处理了。博士把随身携带的一只皮质旅行袋放在曾经属于简·布莱斯的办公桌上，看着萨梅拉和娜迪亚充满希望的脸。

"我不能给你多余的时间，萨梅拉。"博士难过地说，"当你偿还所欠的时间之后,简把它全拿走了。这些时间已经没了。"

"噢!"萨梅拉说。直到博士说完,她才发现自己一直抱有希望——甚至不允许自己有其他想法——坚信博士能够解决一切问题。从现在起,她真的只能是六十五岁了吗?

博士叹了口气,"那些合同条款确实无懈可击,甚至还设法增加了额外的利息。当你以为自己还清欠款的时候,还会有利息在你偿还的过程中产生。因此,"他从旅行袋里掏出一块标有萨梅拉·詹金斯名字的玻璃砖,"你还欠十年的时间。"

萨梅拉看了看玻璃砖,它的中心闪烁着微弱的光芒。博士在旁边又放了一块,上面的标签上写着娜迪亚·蒙高莫利的名字。

"至于你,娜迪亚,"他说,"那块坏了的手表对你的合同造成了非常奇怪的影响,因此它反而还欠你三十年的时间,这会把你带回出生之前。"

娜迪亚噘起下唇,耍小脾气说:"所以你什么也做不了吗?我又要经历一遍青春期,还要向父母解释自己现在为什么只有十岁?"

博士咬着上唇,"有一件事可以做。"

他看着两块并排的玻璃砖,摸了摸它们的顶部,然后小心翼翼地掀开了盖子。

博士咧嘴一笑,"原来,"他说,"只有合同所有者才能打开玻璃砖。这设计很聪明,对吗?"

他伸出手,把里面的东西掏了出来。

这是一颗液态的玻璃球,像心脏一样轻轻地跳动着,表面流动着奇怪的文字。

"这是时间账户,用时间来记录时间,很不好操作。如果我是你就不会去碰它,"当艾米将一根手指伸过来时,他提醒道,"可能会被时间灼伤。"

他盯着玻璃球,一颗拿在左手,一颗拿在右手。

他对着右手属于萨梅拉的球点点头,"这一颗说你欠了十年,"然后对左手点点头,"而这一颗欠了娜迪亚三十年,那不如……"他交叉双手,"魔法变变变!这种时候我的土耳其毡帽跑哪儿去了?"

他小心翼翼地把交换过的玻璃球放回玻璃砖,然后把盖子盖上。

"让我看看你们的手表。"他说,娜迪亚和萨梅拉同时伸出了手。博士握住她们的手腕,眨了眨眼睛,同时按下了同一个按钮。

伴随着某种叹息般的声音,两块玻璃砖中微弱的闪光消失了。与此同时,她俩悄无声息地发生了变化——萨梅拉突然回到了三十五岁,而娜迪亚则变成了二十岁。

"向别人解释为什么四十岁还能拥有二十岁的外表会有点麻

烦。"博士对娜迪亚说,"我建议你就说自己去了苏黎世一家非常高级的美容诊所。"

娜迪亚看着办公室窗户上的倒影,咧嘴一笑。

"我是这么想的,"她说,"伦敦分行需要一位新总裁,一个真正了解业务的人。我认为我是这份工作的最佳人选。"

"当心信贷危机。"艾米说。

"什么……意思?"娜迪亚说。

"没什么。"博士说,"如果有谁知道如何应对繁荣和萧条,那非你莫属。"

在地下室里,萨梅拉和安德鲁与博士、罗瑞和艾米依次拥抱,看着他们走进塔迪斯。

"这真的是一艘宇宙飞船吗?"安德鲁说。

萨梅拉紧握他的手,"既然他们是穿越时空的外星人,为什么他们的飞船就不能像座警亭?"

"我们不全是外星人!"罗瑞抗议道。

"没错,罗瑞,只有你是外星人。"博士说着,关上了塔迪斯的门。

一阵呼哧呼哧的响声过后,只剩萨梅拉和安德鲁两个人待在莱克星顿国际银行的地下室。

"你现在想干什么?"萨梅拉说。

安德鲁耸耸肩。

"我猜，我们可以再竞争一次。"萨梅拉看着他，笑着扬了扬眉毛。

"什么？永无休止的互相竞争？如果我们还没有吃够苦头的话，这听起来很有趣。"安德鲁笑了，"你真正想做的工作是什么，萨梅拉？"

她深吸一口气，转头看了看四周，"我知道这听起来很傻，"她说，"但我一直很想开一家熟食店，就是那种可以买到任何东西的地方，也许开在海边小镇。我知道这会很辛苦，但也很真实，你明白我的意思吗？我想做一些实实在在的事情，比如给人们提供食物并带去快乐——一些对这个世界来说有用的东西。"

安德鲁缓缓点头。

"那你呢？"她说。

"我一直想当老师，"他终于开口了，"也许是音乐或者科学老师。我本来想在大学毕业后参加教师培训，但由于我的成绩很好，父母让我去咨询一下就业顾问。那个人让我去莱克星顿，说那份工作的薪水很高，然后……"

"是的，"她说，"我知道。你的职业生涯遇到了瓶颈，一心等着再升一级，多赚一笔。我也是这样。"

"所以……"安德鲁说。

"那么……"萨梅拉说。

他用胳膊搂着她的肩膀,轻轻吻上她的嘴唇。然后,两人一起走出莱克星顿国际银行,永远离开了这里。

和大多数小偷一样,时间交易市场的交易员也有某种荣辱感。他们庄严发誓,要在时空中搜寻简·布莱斯的踪迹。她不可能完全消失,因为留下的痕迹就是一种证明,如果她曾经存在过,就有理由相信她仍然还活着。

博士让他们许下承诺要找到简·布莱斯,不过,由于市场的繁文缛节,这项任务变得费时费力,无疾而终。他们知道她从时间市场逃跑了,但任何聪明的时间捕手都会给自己备一点时间,以便在某个时候东山再起。

因此,时间交易市场的复原委员会得出了一个令人遗憾的结论:他们无法追踪到时间捕手简·布莱斯的踪迹。不过,他们认为她不太可能离开地球,并提议设立一个监控小组来密切关注地球上的时间流,还提出需要充足的资金支持。

他们如约把这份结论报告的副本寄到博士最后的已知地址——地球伦敦的千禧穹顶下的一间储藏库。他们觉得自己已经尽了最大的努力,便又回去工作了。

大约在1985年,塔迪斯在伦敦道格斯岛的一座废弃仓库后面现了形,与此同时,在托特尔小巷76号的福尔曼废料场里,博士正忙着处理一些未完成的事情[1]。一旦你可以穿越时空,同时出现在两个地方总是不可避免,而事情永远也做不完。

就在下一年,金融大改革改变了伦敦股市的监管政策,为伦敦金融城的银行家创造巨大财富铺平了道路。

塔迪斯的门开了。

"那么,我们有没有阻止莱克星顿国际银行破产呢?"罗瑞问。

"没有,"博士说,"我们只是拯救了地球。银行还是会破产,但娜迪亚·蒙高莫利会挽救一些业务。她是个聪明的女人。"

"那……"

"等我一下。"博士在塔迪斯门口喊道,"只要一分钟。"他走了出去。

这个早晨阳光明媚,博士把双手插进裤兜,吹着几个世纪前学的小曲,信步走向一扇嵌在仓库墙上的小门。门铃上方贴着一张硬纸板,上面用黑色圆珠笔潦草地写着几个字。博士按下门铃,等在一旁。片刻后,门开了一道小缝。

"很高兴再次见到你。"博士说。

"我也是,博士。"一个低沉的声音说。

"我是不是应该说很高兴第一次见到你?我总是把这两句话

---

1. 详见老版《神秘博士》剧集第二十二季第一集《赛博人的进攻》。

搞混。"

"都一样。我知道你会来。"那个声音说。

"那你还知道我想干什么吗?"博士说,"我总是忘记给自己留下消息,真是一个可怕的习惯,我必须试着重新开始写日记了。"

"你有什么东西想让我藏在其他客户的东西里吗?"

博士从口袋里掏出一个像笔一样的细长包裹,把它递进了门缝。

"荣幸之至。"那个声音说。

"我们是不是达成了某种……付款方式?"博士说。

"哦,博士,"那个声音笑道,"你还在开玩笑。请别再想了,我确信在某一时刻,你将成为一个非常有价值的客户。"

"好吧。"博士说,"嗯嗯……好……好吧。真令人不安。是的,最好别问太多问题。"

从门后的黑暗中传出一阵低沉的呵呵声,听起来并不太友好。随后,仓库的门轻轻关上了。

博士开始朝塔迪斯走去。他停下脚步,转过身,盯着那扇已经关上的仓库门。徘徊了一会儿后,他又把双手插进裤兜,皱了皱眉,转身走进了塔迪斯。

尾　声

荷兰，海姆斯泰德，1636年

玛丽克·詹森扯下头巾，沮丧地捋了捋头发，盯着送消息的小男孩。在这个季节，她的动作已经太迟了。

"你说'没人了'是什么意思？"她说。

小男孩用脏得不行的小手擦了擦脏兮兮的小脸。

"范·阿尔登豪特先生以双倍的工资把村里的男人都雇走了。"他说。

她早该想到是范·阿尔登豪特干的。他根本用不着那么多人，这样做只可能是想阻止她在宝贵的最佳时间内把作物种到地里。

玛丽克和她的丈夫借了尽可能多的荷兰盾，买了一整车的郁金香球根。如果郁金香开花并产出了同样多的球根，那明年的这个时候他们就能以五十倍的价格把它们卖出去。不过，前提是球根能及时种到地里。老天保佑！

那个小男孩还等在一旁，用一根满是污垢的手指掏着鼻孔。他轻松接住她扔过来的硬币，笑着离开了。

"我敢说你一定希望现在冒出十个你来帮忙!"他对她喊道。

她确实希望如此。如果时间充裕,她可以一个人把所有的球根都种到地里。这并不难,只是很花时间,而这活儿需要尽快完成。

一阵轻轻的咳嗽声从她身后传来。

她确信那里没有人,但当她转过身时,却看见两个男人正站在自家农舍的门廊上。他们衣着考究,穿着素净的黑色长外套,长袖末端露出里面的白衬衫袖口,黑色的高跟靴子上还系着蝴蝶结。他们的脖子上戴着宽松的飞边,脸上留着整洁的山羊胡,从头到脚都是一副上流绅士的派头。

"我们听说您遇到了麻烦,詹森夫人。"其中一个人说,"听说您需要更多的时间。"

"是的。"另一个说,"我和我的同事胡杰文先生都不愿意听到一个女人遇到这样的麻烦,而我们非常愿意提供帮助。"

"没错,我的同事沃斯普融科先生和我想给您一点建议,詹森夫人。"

"您将难以拒绝。"

"想拒绝都难。"

"很难。"沃斯普融科先生说,"就算只是想象一下也很难。"

他们齐声大笑起来。

胡杰文先生从外套口袋里掏出一块大怀表递给玛丽克。

"好了,"胡杰文先生说,"这一切理解起来非常容易……"

致　　谢

如果你认为这本书写得还不错，那得归功于所有为该书提出建议和有趣想法的人，他们在快速阅读后，告诉我哪些部分写得枯燥无味或者难以理解。

首先，我要感谢丽贝卡·列文，如果没有她的建议，这本书几乎没有什么故事情节，是她让小说变得饶有趣味。其次，我要向贾斯廷·理查兹和我的代理人维罗妮卡·巴克斯特表示万分的感激，在创作过程中，他们为我提供了专业的指导。另外，我要由衷地感谢明科特、丹·霍恩、罗宾·雷、艾德里安·霍恩、约兹·格雷厄姆、蒂莉·格雷戈里、菲尔·克拉格兹、朱利安·利维、劳拉·豪尔、马库斯·吉普斯、安德莉亚·菲利普斯、尤纳·麦科马克、安妮特·米斯、利·考德威尔和大卫·瓦雷拉，他们都提供了绝妙的点子、意见和大力的支持，并确保我对都市生活的描述准确无误（或许有关外星人的部分除外）。

我还要特别感谢我的妈妈玛丽昂，毕竟，一切就是这样开始的：在某个阴雨绵绵的周末，她在百视达[1]看完《夺命机器人》[2]后说服了我和我的兄弟，让我俩相信，一部年代久远的电视剧的早期剧集值得一看。

---

1. 英国DVD影碟租赁公司。
2. 出自老版《神秘博士》剧集第十四季第五集。